西条陽
イラスト
Re岳
I'm fine with
being the
second girlfriend.
2
volume
two
わた
女
二
でいいから。
JN073245

contents

「私たちがしてるとこ、みせつけるの」

「私と付き合うかどうか。今、決めてよ」
「ねえ、私の体、好きにしていいんだよ」

わたし、
二番目の彼女
でいいから。
2
volume
two

第8話　左手の行方

秋晴れの土曜日、午後のことだ。

人通りの多いメインストリートを、四人で歩いている。

柳先輩の左右には、橘さんと早坂さんがいる。まさに両手に花だ。

俺はそんな三人を、少し後ろからみている。

橘さんはネイビーのパーカーにキャップをかぶって、すごくラフな格好だ。スポーティで少年みたいだけど、わかりやすい美人で足も長いから、モデルの女の人がオフの日に地味な格好で街を歩いているようにもみえる。

一方、早坂さんはふわっとしたベージュのセーターにチェックのスカート、肩からかけたカバンも小さくて、いかにもかわいらしい女の子という格好だ。つまりはガーリーな雰囲気なんだけど、表情や仕草はどこか脆くて壊れやすそうで、妙に色っぽい。

夏からずっとそんな感じで、そのどことなく危うい空気が人を惹きつけるのか、すれちがう男たちは必ずといっていいほど早坂さんをみる。ニットのセーターがボディラインを強調しているというのもあるだろうし、早坂さんがかすかに漂わせる不健全な空気が、そういった欲望をあの体にぶつけたいと思わせるのかもしれない。

「それでね、どうしても、つづきが読みたかったの」

そんな早坂さんはさっきからずっと、明るい表情で、柳先輩に話しかけている。

「だから自転車で本屋さんに走っていって、全巻買っちゃったんだ」

「あのマンガ、面白いよな。俺も持ってるよ」

「え、先輩も？」

同じマンガを好きと知り、早坂さんはわかりやすくはしゃぐ。

「私ね、先が気になるから、ひと晩で読んじゃったんだ」

「ひと晩はすごいな」

「でも、ダメだよね……テスト期間中だったもん……」

早坂さんが反省するようにうなだれるから、柳先輩がすかさずフォローする。

「とはいっても、良い点とったんだろ？」

「良い点かどうかはわからないけど、いちおう全教科、平均点以上だったよ」

「早坂ちゃんは頭がいいんだな」

「そ、そんなことないよ。ふ、普通だよ」

柳先輩に褒められ、早坂さんは照れたように顔をそむける。頬が赤い。

「私、普段から予備校通ってるし……」

「勉強って大事だよな。マンガも面白いけど、それで成績落とすのはちがうよな」

そこで先輩は「しまった」とでもいうように頭をかく。そしておそるおそる、反対側にいる橘さんを横目でみる。

なにを隠そう、橘さんはテスト準備期間中にマンガを読みふけり、赤点をとりまくった。ミス研が活動していれば、部室で一緒に勉強することもある。しかしテスト準備期間でミス研が休みになると、俺の目がないことをいいことに、橘さんは思う存分、勉強をサボりまくったのだった。ちゃっかりしている。

「いや、まあ、勉強なんてできなくてもいいんだけどさ！」

先輩はわざとらしいくらい大きな声でいう。

「勉強だけがすべてじゃないし！」

早坂さんとの会話をつづけているようにみえるけど、意識は完全に橘さんだ。

「テストで点とれなくても、それはそれでいいと思う！」

先輩は橘さんのことが本気で好きだ。だから機嫌を損ねたくない。

当の橘さんはしれっとした顔のままだ。多分、まったく気にしてない。そういうタイプの女の子なのだ。音楽や美術が得意で、他の教科には最初から興味がなくて、成績が落ちたとかそういう自覚すらもってない。

このあいだも、ミス研の部室で堂々と赤点のテスト用紙をならべながらいっていた。

『勉強してたらさ、いつのまにか教科書がマンガになってたんだ。これってすごいミステリーじゃない？』

全然ミステリーじゃない。

そして橘さんがテスト期間中に読みふけっていたマンガは、今、話題にあがっているマンガだったりする。でも橘さんは、早坂さんと柳先輩の会話に入ろうとしない。

俺たち四人の関係は複雑だ。

俺と早坂さんは付き合っている。でも、その〝好き〟は互いに二番目の好きだ。

早坂さんが一番好きなのは柳先輩で、俺が一番好きなのは橘さんだ。でも柳先輩と橘さんは家が決めた婚約者同士だったりする。

「昨日、代表の試合あったけど先輩も観た？」

早坂さんが新たな話題をふる。サッカーのことだから先輩の得意分野だ。

「もちろん観たよ。面白かったよな」

先輩と早坂さんはとても親しい雰囲気で会話をしている。すごくいい感じだ。でも先輩はある程度話したところで、橘さんに話をふる。

「ひかりちゃんは？」

「え？」

「昨日のサッカーの試合、観た？」

「寝てたから……」

橘さん、相変わらずマイペースだ。でも先輩はなんとか話をつづけようとする。

「サッカー、あまり興味ない?」

「そういうわけじゃないけど」

「観たらけっこう面白いよ。今度一緒にスタジアムにいかないか?」

先輩は早坂さんにとても優しく接する。でも、はたからみても、先輩が一番好きなのは婚約者の橘さんであることがはっきりとわかる。

こうなると早坂さんは弱い。

先輩のとなりから自然と後ろにさがり、俺のとなりにおさまってしまう。でも——。

「私、がんばるからね」

前の二人にきこえないよう、小さな声で早坂さんはいう。

「絶対、先輩を振り向かせてみせるから」

「えらく前向きだな」

「だって、今日はまだ始まったばかりだもん。映画まで、まだ時間あるし」

三日前、柳先輩にみんなで映画にいこうと誘われた。

夏の合宿以来、俺たちはこうして四人で遊ぶことがたまにある。柳先輩にとっても、誰かと一緒にいたほうが橘さんに話しかけやすいのかもしれない。

映画にいくことが決まったとき、早坂さんはいった。

『先輩が私のこと好きになってくれたら、橘さんとの婚約もなくなるでしょ？　桐島くんのために、がんばりたいんだ』

でも――。

「あんまり無理するなよ」

「大丈夫だよ、もう気持ちの整理はついてるから」

早坂さんはいう。

「私が一番好きなのは柳先輩って、ちゃんとわかってるから」

「ならいいんだけどさ」

一番好きなのは柳先輩。その言葉に、かすかに胸が痛む。

でもそれは最初からわかってたことだし、俺だって一番好きな女の子は橘さんで、橘さんのなかの一番になりたくて、それなのに早坂さんの一番にもなりたいなんて思ったとしたら、それはホントにろくでもない考えだ。

だからこの胸の痛みはすぐに消えてなくなるべきだ。

そう、自分にいいきかせる。

「えへへ」

早坂さんが俺の顔をみながら嬉しそうに笑う。

「今、嫉妬してくれたよね」

「まあな」

「私、桐島くんのその表情みるの、すごく好きなんだ」

「早坂さんも屈折してるんだよなぁ」

「安心して。私、ちゃんと桐島くんのこと好きだから」

「二番目に」

「そう、二番目に」

そこで早坂さんは前の二人がみていないのをいいことに、俺の手を握ってくる。そして手を握った瞬間にスイッチが入ったみたいで、すぐに体をぴったりとくっつけてくる。ニットで浮き立った胸元が腕に押しあてられ、あたたかい吐息も感じる。

早坂さんは、どこか不健全さを含んだ好きという感情を、全身で表現してくる。もしそれに、すれちがう男たちの視線に含まれていたような欲情でこたえたら、すごいことになりそうだな、と思う。そして、そうしてみたい衝動に駆られる。

しかし、俺たちはあわてて体を離した。急に橘さんが振り返ったのだ。

「部長、どうかした？」

怪訝な顔で、首をかしげる橘さん。

「どうもしてない」

「……そう。それならいいけど」

橘さんはまた柳先輩との会話に戻っていく。

「早坂さん、自制したほうがいいぞ」

「う、うん。ごめん、なんか流されちゃって……」

流されるような状況はどこにもなかったろと思うが、それはいわないことにする。

「ねえ桐島くん」

早坂さんがまた小声で呼びかけてくる。

「私たちさ、夏の合宿で橘さんの前でキスしたよね」

「したな」

「あれ、なかったことになってるのかな？」

「少なくとも俺と橘さんであの話題にふれたことはないけど」

「私も普通に橘さんと仲良くしてて、一緒に服買いにいったりしてるんだ」

「ほのぼのしてていいな」

「でも、私と桐島くんがまだそういうことしてるって思われてるかもしれないよね。練習彼氏って言い訳しちゃったし」

「いいよ。なにをいったところで橘さんには先輩がいる」

早坂さんと話しながらゆっくり歩いているうちに、橘さんと柳先輩はどんどん先に進んでいく。先輩の努力の甲斐あって、会話も成立しているみたいで、とても親しげな雰囲気だ。

「橘さんと柳先輩、ふたりは美男美女で、誰がみてもお似合いなんだよ」

「ふうん、そっかそっか」

となりを歩く早坂さんは俺の顔をみあげながらいう。

「じゃあ、桐島くんと橘さんが両想いっていうのは私の勘ちがいなんだね」

「え？」

俺は思わずきき返してしまう。

しかし、早坂さんは「ううん」と首を横にふった。

そして、どこか虚ろなようにもみえる目をしていう。

「がんばって先輩口説かないとなあ。じゃないと私、なんの価値もないもんなあ——」

◇

先輩がつれてきてくれたのは、最近できたばかりの映画館だった。大きな商業ビルで、他の階にはゲームセンターやレストラン街がある。

「上映まで時間あるから、コーヒーでも飲もうか」

先輩がそういうので、カフェに入って談笑することになった。

四角のテーブル、二対二で向かい合って座る。俺のとなりは早坂さんで、先輩のとなりは橘さんだ。席に着くとき、橘さんがとても自然に先輩のとなりに腰かけたものだから、先輩は少し嬉しそうだった。

コーヒーを飲みながら会話をする。話を切り出すのが下手な早坂さんはずっと聞き役だ。

このままだと、いつもと変わらない。

だから俺はテーブルの下でスマホを操作して早坂さんにメッセージを送る。

『好意の返報性』

それを確認した早坂さんは、テーブルの下で指を動かし、わかったというように、俺の太ももにマルを描いた。指の動きが、少し色っぽい。

早坂さんは先輩を振り向かせたい。そして俺たちは無策で今日をむかえたわけじゃない。

映画館にいくことが決まった日、誰もいない教室で俺たちは打ち合わせをした。

「心理学に『好意の返報性』というものがある」

「でた。桐島くんっぽいやつ」

「ミス研のノートに書いてあっただけだって」

かつてミス研に在籍した卒業生が残した、通称『恋愛ノート』。

ＩＱ１８０あったと噂されるその卒業生は、在学時、恋愛ミステリーを書こうとしたところ、欲望が明後日の方向に暴走して、恋の奥義書を完成させた。それが恋愛ノートだ。

耳元ミステリーのような謎のゲームが収録されていたり、女の子と仲良くなるための心理学に基づいた方法などが記載されていたりする。

好意の返報性もそんな心理学的アプローチのなかの一つだ。

「人は誰かから好意を向けられると、同じように好意を返したくなる心理的傾向がある」

「つまり？」

「人は自分を好いてくれる人を好きになる」

誰しもが経験あるはずだ。

「じゃあ、私は先輩のことをストレートに好きって態度にだせばいいの？」

「そうなるな」

「でも私、そんなこといえる立場じゃないし、当日は橘さんもいるし……」

「だから、とにかく褒めればいい」

好きと言葉にするだけが好意じゃない。女性誌で気になる相手の口説き方として、異性を褒めるという方法がよく紹介される。単純だが、あれには心理学的な根拠がある。

「じゃあ、私は先輩を褒めまくればいいんだね」

「そうすれば先輩は早坂さんにくびったけさ」

「やってみる！」

と、いうわけで場面はカフェに戻り――。

俺はコーヒーに口をつけたり、先輩の話に相づちを打ったり、物静かにしている橘さんを横目でみたりしながら、テーブルの下で再び早坂さんにメッセージを送る。

『先輩の服、初めてみる。最近買ったんじゃないかな』

褒めたら喜ぶにちがいない。

早坂さんはスマホをみてうなずき、会話が一段落したところでおずおずと声をあげる。

「えっと、あの……」

緊張しているせいか、下を向いてしまっている。

「駅で会ったときから思ってたんだ……」

いいぞ、がんばれ。

「すごくオシャレだなって……」

あと少し。

「橘さんの服！」

俺は思わずコーヒーを吹きだす。そっちじゃない。

「すごくオシャレで似合ってるよ！」

「そ、そうかな？」

首をかしげる橘さん。それもそうだ。今日の彼女の格好は、どちらかというと普段より力が抜けている。でも、早坂さんは止まらない。

「うん、すごくハイセンス！　橘さん、もうオシャレ番長だよ！」

「あ、ありがとう……」

緊張と恥ずかしさから、ギリギリのところで褒める相手を橘さんにしてしまったようだ。

『相手、まちがってるからな』

俺はまた机の下でメッセージを送る。

『あと、先輩、髪も切ってるぞ』

早坂さんはそれをみて、首をぶんぶんと縦にふり、こっちに向かって親指を立てる。

あ、ダメだ。全然わかってない。もう隠せてすらいない。

どこかでみた流れ。まったく成功する気がしないが、早坂さんの挑戦はつづく。

また会話が一段落したところで、早坂さんは先輩に話しかける。

「さっきから思ってたんだけど……」

今度はちゃんと先輩のほうを向いている。

「すごくいいよね」

そこで首がくるっとまわる。

「橘さんの髪型！」

お約束だな！

「いつも思ってたんだ。後ろで結んだり、ワンレンにしたり、今日のナチュラルな感じもすごくいい！」

「そうかな？」

またもや首をかしげる橘さん。

たしかに橘さんはきれいな髪をしているし、気分によって髪型を変える。でも今はアホ毛が立っている。歩いているときキャップをかぶっていたのは、この寝ぐせを隠すためだったのだ。

今日の橘さんは、どちらかというとやる気がない。というよりも、完全に手抜きだ。

しかしそんなことはおかまいなく、早坂さんは目をグルグルまわしながら、勢いそのままに橘さんを褒めつづけた。外見だけでなく趣味、内面まで。先輩への熱い想いは明後日の方向へととんでいってしまった。コントロールのわるいピッチャーの大暴投だ。

「ひかりちゃんって女の子にも好かれるんだな」

先輩がほほ笑ましそうにいう。

「どうなんだろ。とっつきにくい、ってよくいわれるけど」

「でも早坂ちゃんは好きみたいだ」

うん、と橘さんは照れたように髪をいじる。

「なんか私も早坂さんのこと好きになってきた」

すごいな好意の返報性、効果抜群じゃないか。

でも、そっちじゃないけどな！　そう思っていると、スマホが震える。みれば、早坂さんからのメッセージを受信していた。

『もう一回！　先輩になにか話ふって！』

今日の早坂さん、めげないな。

俺はいわれるがまま、最後にもう一度だけ話をふる。

「先輩、フットサルの調子はどうなんですか？」

「サッカーよりコート小さいけど、ボール蹴るのはやっぱ楽しいな」

「初心者も多いんですよね？」

「そういう人には俺が教えてる」

「早坂さんも教えてもらってるの？」

俺は早坂さんに話を渡す。

「うん、優しく教えてもらってるよ」

恥ずかしそうにうつむく早坂さん。

「私、不器用で失敗ばかりだから、助けてもらうことが多いんだ」

耳まで真っ赤だ。

「優しさに助けてもらってばかり。だからね、すごく感謝してるんだ」

そうそう、先輩にね。

と思ったところで、早坂さんは突然、俺に顔を向ける。

「桐島くんに！」

「俺⁉」

すごい角度できたな！　どう考えても先輩にありがとうっていうところだろ。

しかし早坂さんは早口でまくしたてる。

「いつもありがとね。私が困ってたら絶対助けてくれるし、さりげなくフォローしてくれるし、励ましてくれるし、ほんと、桐島くんには感謝してるよ、これからもよろしくね！」

それ全部先輩にいえよ、って感じだが、早坂さんは『私ってバカだあ、誰か止めて～』という泣き笑いの表情のまま俺に向かって話しつづけ、結局、いつもの早坂さんだった。

「桐島と早坂ちゃんってやっぱいいコンビだよな」

恋人になったらいいんじゃないか？　そんなニュアンスで先輩はいうのだった。

そこでタイムアップ、映画の時間がきてカフェをでる。

「ごめんね桐島くん」

シアターへと向かう途中、エスカレーターで早坂さんはつぶやくようにいった。

「緊張しちゃうとほんとダメなんだ」

「今日はがんばったほうだろ」

「桐島くんとふたりならうまくしゃべれるのにね」

エスカレーターの二段前には先輩と橘さんがならんで立っている。すれちがう人にはちゃんとした恋人のようにみえるだろう。

映画館に到着し、発券して、ポップコーンを買ってシートに座る。

左から先輩、橘さん、俺、早坂さんの順で横ならびになって座った。ポップコーンは二つあって、やはり先輩と橘さんで一つ、俺と早坂さんでもう一つを共有した。暗黙のうちに、そういう組み合わせが完全にできあがっている。

映画は青春を美しく描いたボーイミーツガールだった。

青空の下、男の子が坂の上にいる女の子に向かって自転車立ちこぎで走っていく。

そんなクライマックスのシーンを観ながら、やはり恋というのはこんなふうにさわやかにするのがいい、と思った。そのときだった。

『ちょ、早坂さん！』

上映中だから、俺は声をださずに口を動かして伝える。

早坂さんがひじ掛けのうえに置いていた俺の手を握ってきたのだ。

『暗いから大丈夫』

早坂さんの口がそんなふうに動く。

俺はちらりと左どなりをみる。

橘さんも、その向こう側にいる先輩も、スクリーンに集中している。

「今日はいっぱいがんばったから、ご褒美ちょうだい」

早坂さんが耳元でささやく。さすがにとなりに橘さんと先輩がいる状況ではな、と思って俺はいったん無視してスクリーンだけを観る。もうすぐ映画は終わる。

でも、そうしていると早坂さんは耳に息を吹きかけてきたり、はむはむと耳を甘噛みしはじめる。だんだん吐息が湿り気を帯びてきて、息づかいも荒い。やれやれ。

仕方なく俺はその手を握り返した。すると早坂さんは暗い劇場でもすぐわかるくらい嬉しそうな顔になり、肩に頭を乗せて甘えてきた。早坂さんはくっつくのが好きなのだ。

しばらく、そうしていた。

しかしエンドロールが流れはじめたとき——。

「夏の合宿」

ふいに早坂さんがつぶやいた。俺にだけきこえるような、小さな声で。

「私がでていったあと、あの部屋で橘さんとなにしてたの？」

スクリーンの光に照らされるその顔はどこか虚ろだ。

「……なにもしてないんだよね？」

感情のこもってない声でいわれて、俺は思わずうなずく。

早坂さんの手に力がこもって、握られた俺の手は少し痛い。

「……橘さんとはなにもなかったんだよね？」

「…………ああ」

俺がまたうなずくと、早坂さんの表情はみるみるうちに満面の笑みになり、そして「だと思った！」とでもいうような嬉しそうな顔で、腕にしがみついてくる。

周りにきこえないよう、俺の服に顔を押しつけながらいう。

「うん、やっぱり桐島くんだ、最高の桐島くんだ、私だけの桐島くんだ、桐島くんが私を裏切るはずない、私バカだ、変なこと考えて、桐島くんは私を大切にしてくれる、桐島くんは私を受け入れてくれる、桐島くんは私を気持ちよくしてくれる——」

早坂さんはずっと口のなかでつぶやきつづけていた。

桐島くん、桐島くん、桐島くん、桐島くん、桐島くん………。

◇

帰り道、俺は早坂さんをおんぶしていた。

なぜこうなったのか。

映画館の前で解散するとき、早坂さんは先輩に駆けよっていった。今日はありがとう、と伝えようとしたらしい。でも早坂さんはポンコツだから、だいぶ手前でずっこけ、さらには靴のヒールを折ってしまった。歩けなくなった早坂さんをみて、先輩はいった。

「桐島、頼んだぞ」

体格からすると先輩が背負うのが一番なのだけど、橘さんがいる以上、先輩が早坂さんを背負うことはない。それに、先輩は俺と早坂さんをくっつけようとしている。

「じゃあな、俺はひかりちゃんを送っていくから」

「早坂さん、大丈夫？」

橘さんがきいて、早坂さんが「うん」とうなずく。

「私ドジだから、こういうことけっこうあるんだ。平気だよ」

「それならいいけど。ねえ早坂さん、今度また一緒に遊ぼうよ」

「うん！　女の子だけで遊ぶの楽しいもん！」

「じゃあ、またね。部長もバイバイ」

今日の橘さん、普段よりもさらに口数が少なかったな、と思う。

そんな感じで解散となり、俺は今、早坂さんを背負って家路についているのだった。

「私、ほんとダメだぁぁ！」

背中で早坂さんが声をあげる。

「暴れると落ちるぞ」

「うわあぁぁん！」

両手両足を投げだしてジタバタする早坂さん。はずんだ胸が背中にリズミカルにあたるが、生地のしっかりした下着をつけているようで感触はそれほどでもない。どちらかというと、俺の体をはさみこむ太もものやわらかさに意識がいく。

「ちゃんとやろうとしたんだよ、先輩を振り向かせようとしたんだよ、ホントにホントに、がんばったんだよ！」

「わかってるって」

早坂さんはぐずぐずと洟をすする。どさくさに紛れて俺の背中でふいているな。

「私は自分が情けないよ……」

「そんなことないって」

なだめるようにゆらすと、早坂さんはだんだんと落ち着いてくる。

夕暮れの街、今日という日の終わりを感じる。日が沈むのが早い。夏は完全に過ぎ去り、晩秋に向かっている。こうやって季節が移りかわるように、俺たちの関係も、俺たち自身も、ずっと同じではいられず、移りかわっていく。そう思った。

「ねえ、桐島くん」

「なに？」

「私、重くない？」

「別に」

「でも私、少し重い女の子だよね？」

「俺は大丈夫だから」

「えへへ」

早坂さんの腕に力がこもり、より強くしがみついてくる。街ゆく人たちが俺たちをみる。愛の重すぎるかわいいメンヘラ彼女を背負っている彼氏にみえているにちがいないが、事実そのとおりなのだから仕方ない。そして、それだけの好意を女の子から無条件に、大量に浴びせられるのはやはり嬉しい。

「好意の返報性って、あれホントだね」

早坂さんは甘えた声でいう。

「私、桐島くんに優しくされて、どんどん好きになってるもん。桐島くんは？」

「俺も早坂さんのこと、どんどん好きになってるよ」

「嬉しい」

自分を好いてくれる人のことを好きになるのってすごく自然だ。

相手が先に好きといってくれたら、こっちだって思う存分好きになれる。

でも俺たちは――。

「大丈夫だよ、ちゃんとわかってるから」

早坂さんはいう。

「でも難しいなあ。結局、今日も先輩と橘さん、桐島くんと私って感じの組み合わせになっちゃったし」

「あっちは婚約してるからな」

「先輩、橘さんを送っていくっていってたけど、ちがうよね」

「多分な」

このあとふたりで食事でもするのだろう。そして先輩は橘さんを家まで送っていくにちがいない。この、どこかせつない秋の夜に、特別な雰囲気にならないとはいいきれない。

「橘さん、ちゃんと婚約者だったね」

「ああ。必ず先輩のとなりにいたな」

「意外と古風だよね。三歩さがってたし」

「そこまではみてなかった」

「桐島くん、今へこんだでしょ？」

「へこんでない」

「桐島くんは嫉妬して楽しむくせあるからなあ」

早坂さんはおかしそうに笑う。

「これからどうしよっかな。先輩、私のこと妹っぽく扱うんだよね」

「まずは恋愛対象としてみてもらわないとな」

先輩は俺が早坂さんに惚れていると思っていて、その恋をアシストしようとしている。今日、俺たちがセットで呼ばれたのも、今、早坂さんを送っているのも、そういう事情だ。

「先輩、桐島くんにすごく優しいよね」

「中学のときから仲いいからな」

桐島は早坂ちゃんのことが好き。

先輩がそう思っているうちは、絶対、先輩が早坂さんを好きになることはない。あの人はそういう人だ。でも、俺が一番好きなのは橘さんだと打ち明けることもできない。

「大好きな先輩の婚約者を好きになるなんて、桐島くんは大変だね」

「まあな」

もし俺が橘さんと付き合ったりしたら、それは先輩への大変な裏切りだ。

「でも大丈夫だよ」

早坂さんはいう。

「私が先輩を振り向かせればいいだけだもん。そうすれば婚約は解消になって、橘さんはフリーになる。そのあとだったら、遠慮することないでしょ？」

「そうだけど、そういう感じは早坂さんにわるいだろ」

「なんで？　私は先輩のことが一番好きだから、自然なことだよ」

だからね、と早坂さんはいう。

「私が先輩を振り向かせるまで、桐島くんは待っててね」

心なしか、俺の首に巻きつけられた早坂さんの腕に力がこもる。

「私ちゃんとやるからね。桐島くんの望むとおりにやるからね」

「ああ」

「だから、先輩を裏切ったりしないでね」

「もちろん」

「わるい人には、ならないでね」

「……わかった」

そこからの早坂さんは甘えたモードだった。

「ちょっと下手だったけど、今日はいっぱいがんばったからい～の！」

そういって、鼻をすんすんさせて首すじの匂いをかいできたり、後ろから目隠ししてきたりして、俺を困らせて遊びはじめる。イタズラな女の子だ。

俺と早坂さんは二番目同士だけどちゃんとした恋人で、だからこういうスキンシップは当然だし、俺も楽しい。けれど——。

『わるい人にはならないでね』

早坂さんはそういった。

でも俺は今日、わるい人だった。

映画を観ていたときのことだ。

早坂さんはみんなの視線がスクリーンに集中していると思って、ひじ掛けの上に置かれた俺の右手を握ってきた。

俺の反対側の手は、ひじ掛けの下にあった。
なんとなくひじ掛けの下にあったわけじゃない。
反対側のシートには橘さんがいた。
あのとき——。
俺の左手は、橘さんの少し冷たい手とつながっていたのだ。

第9話　門限破り

秋といえば文化祭。

俺たちの高校では前夜祭と後夜祭があるため、開催期間がちょっと長い。

準備はもう始まっている。クラスのみんなは遅くまで残っているし、グラウンドではステージの設営がおこなわれている。

「謎解きゲームならさ、いかにもミス研って感じで人気でると思うんだよ」

生徒会長の牧が熱弁をふるう。

放課後、俺と橘さんがいつものごとく部室でくつろいでいたところ、この男が乗り込んできて、ミス研も文化祭でなにかやれ、といいだした。

「……といわれてもなあ」

もともと部室を使いたいだけの名ばかり部活だ。夏休みは奇跡的にそれっぽい活動をしたとはいえ、本来的には俺と橘さんしかおらず、そのふたりともがミステリー小説をちょっと読むくらいのもので、創作的なモチベーションは一切ない。

「橘はどうなんだ？」

牧に話をふられ、橘さんは無表情にこたえる。

「特に意見はないけど、部長がやるっていえばやる。そんな感じ」

「相変わらず体温低いなあ。文化祭だぞ？　もっとアゲてこうぜ」

とにかく、と牧はいう。

「なにか考えておいてくれよ。でないと顧問のミキちゃんだって立場ないんだからな」

わかったわかった、と俺はいう。考えるだけならタダだ。

「ていうか、まだつづいてるんだな」

「まあな。ミキちゃん、仕事で悩むこと多いから、俺がついてないと」

この牧という男、大卒二年目の教師と付き合っている。英語担当の三木先生。ミス研の顧問でもあるため、部の活動実績がないと彼女が職員会議で詰められることになる。

「そういうことだから頼んだぞ。一応これ、渡しとくからな」

牧がチケットを二枚、手渡してくる。

「なんだよ、これ」

「遊園地だよ。お化け屋敷あるし、脱出ゲームも開催中だから参考になるだろ」

それだけいうと、牧は忙しそうに部屋をでていった。生徒会長だから文化祭でもいろいろと仕事があるのだろう。あわただしい空気は牧とともに去り、静かな空気が戻ってくる。

橘さんと俺だけの空間、小説のページをめくる音だけが部屋に響く。

細かい雪が降り積もっていくような、そんな沈黙。

しばらくしたところで──。

「さて、と。生徒会長もいなくなったことだし」

橘さんが本を置いておもむろに立ちあがる。

「部長、コーヒーいる？」

「ああ」

橘さんがサイフォンを使ってコーヒーを淹れる。サイフォン式コーヒーとは、簡単にいうと、手のこんだ淹れ方をするコーヒーのことだ。夏休みが明けてすぐ、橘さんはそのための道具を部室に持ってきた。そして毎日、俺にコーヒーを淹れてくれる。

「はい、部長」

テーブルの上にカップが二つ置かれる。

「ありがとう」

「どういたしまして」

橘さんはそういってから、しれっとした顔で俺のとなりに腰かけた。部長と部員の距離感というには近すぎる。なにより橘さんは柳先輩と婚約しているのだ。しかし──。

短いスカートからのびる白い太ももが、俺の足にぴったりと寄せられていた。

「橘さん……この部屋は広い」

「砂糖は一個でいい？」

「ソファーだって寝転がれるくらいのスペースがある。もう少し空間を広く使ってもいい。これはさすがにくっつきすぎだ」

「今日はちょっと濃いめに淹れた。司郎くんの口にあえばいいけど」

「あの、橘さん、話きいてる？」

最近の橘さんは俺のためにせっせとコーヒーを淹れるし、ふたりきりのときは司郎くんと下の名前で呼ぶ。そして、向かい合って座るのを極端にいやがり、となり合って座りたがる。

「司郎くんといると……まだ少し緊張する……」

「会話が成立しないんだよなあ」

「両想いってすごいよね」

橘さんは低い温度を保ったまま、伏し目がちにつづける。

「司郎くんは他の女の子にできないようなことを私にしていい。逆に私も、他の男の子にしちゃいけないことを司郎くんにしていい」

「いや、なにしたっていい、ってことはないんじゃないか？」

「いいよ」

「あ、やっと会話できた」

「だって私、司郎くんになら、なにされたって嬉しいから」

「究極的なんだよなあ」

そして多分、俺もそうだ。橘さんになら、なにされたって嬉しい。それが一番好きということなのかもしれない。

「私たち、普通の顔して一緒にいるけど、もう、なにが起きてもおかしくない。ほんの少し踏み込むだけで、感情を決壊させることも、その感情にまかせて互いの気持ちを確かめることも、なんでもできる。そう考えると……少し緊張する……」

そういいながら、橘さんはその華奢な体を俺にあずけてこようとする。

放課後の部室で、特別な空気を持つ一番好きな女の子を抱きしめたい。そう思う。

でも――、俺はその体を押し返していた。

「なんで？」

橘さんのきれいな眉間にしわがよる。

「なんで、そういうことするの？」

「何度もいってるだろ。『二番目の彼女でいいから』ってやつ、俺、受け入れてないからな」

夏の合宿で、俺は初めて橘さんとキスをした。そのとき、彼女はいった。

俺が今までどおり早坂さんとイチャイチャできるように――。

俺がこのまま柳先輩と仲良くしていられるように――。

それでいて橘さんとも恋人になれるように――。

『私、二番目の彼女でいいから』

あのときはそのままずっとキスをつづけてしまった。でも合宿が終わってからというもの、橘さんが恥じらいながら近づいてくるたび、俺は押し返している。

「不道徳すぎるだろ。先輩に隠れてそういうことするなんて」

「まだいい人でいたいんだ」

橘さんの表情が冷たくなる。

「そういう司郎くん、きらいだな」

「そうはいっても、よくないものはよくない。もし俺たちがそういうことをしてるって早坂さんが知ったら、どう思うか」

「早坂さんとはただの練習なんでしょ？」

橘さんは俺と早坂さんが二番目同士で付き合ってることを知らない。早坂さんには別に好きな人がいて、俺を練習にしているだけという『練習彼氏』の言い訳を信じている。しかし、勘のいい橘さんだ。いつまでも隠し通せるはずがない。

「もしかして、ちがうの？」

青みがかった瞳が俺をとらえてはなさない。しかしすぐに、「まあいいけど」と橘さんは話を終わらせた。

「早坂さんが司郎くんのこと本気で好きでも、どっちでもいいよ。私は二番目でいいから」

だから隠れてわるいことしようよ――。

そういって俺のネクタイをつかんで、顔をひきよせてキスをしようとする。

すんでのところで、俺はまた肩をつかんで止める。

「橘さんだって、早坂さんとは友だちだろ」

ふたりは最近仲がいい。休み時間、橘さんが早坂さんの教室にいたりする。座る早坂さんの後ろから、橘さんが髪を編んであげたりして、すごく女の子っぽい。みんなにいわせると、その光景はとても「尊い」らしい。

「たしかに休日、一緒にお出かけしたりするけど」

「早坂さんもああみえて、自分をフラットに扱ってくれる友だちがほとんどいないんだ。だから橘さんと知り合えて、嬉しいんだと思う」

「私だって女の子の友だち全然いないし、早坂さんと仲良くなれて嬉しいけど」

「だったらその友だちに隠し事するのはよくないだろ」

「そうだけど……そういって、また、してくれないんだ。早坂さんとは練習でもするのに」

橘さんは眉間にしわをよせて不満そうな顔をする。夏以来、キスをしたことはない。俺が拒否するからだ。そうするたびに、普段は表情一つ変えない女の子がフラストレーションをためる。そんな橘さんのリアクションを嬉しく思ってしまう俺は、ろくでもない男だと思う。

「映画館では手をつないでくれたのに」

「あれは……」

「別にいいけど」

あのとき、俺は橘さんの手を振り払わなかった。だから俺も共犯だ。だけど、橘さんはそのことを問いただしたりしない。

「わかった。司郎くんは誰も裏切りたくない。だから私とは今までどおり部長と部員でいる」

「……まあ、そういうこと」

「部長が望むなら、私はそれでいいよ。婚約者として正しく振る舞う。部長を困らせるようなことはしない。わるい子じゃなくて、いい子でいる」

「そもそも全然好きじゃないていうか、部長のことなんてもうどうでもいい。そういって、橘さんは体を離す。

「正面からいわれるとけっこうきついな」

「今から他人だから」

「極端なんだよなあ」

「もう帰る。一緒にいても全然楽しくないし」

橘さんは帰り支度をしながら、テーブルの上に置かれたものに気づく。そしてため息をついて、やる気のない動作でその紙片をつまみあげた。

「これはどうするの？」

牧が置いていった、二枚の遊園地のチケット。

「どうしようかな」

「部活の出し物を考えるために視察にいくというのはとても自然なことだと思うけど」

「そうだな」

俺は少し考えてからいう。

「じゃあ今週の土曜日にでもいってみるか」

「誤解はないと思うけど、これデートじゃないから。なにも期待しないで」

「なかなかいうな」

「ただの部長と部員だから」

「わかってるって」

「部長とふたりきりとか超だるい。めんどくさ。いっそひとりのほうがいい」

「そのセリフ、俺じゃなかったら死んでるからな」

これはデートじゃなくて、文化祭のためのただの視察だ。

誰も裏切らないし、やましいことはなにもない。

ただの部長と部員の関係。でも――。

俺は橘さんとふたりで出かけることを早坂さんや先輩にいうことはないだろう。

そして多分、橘さんもそうだ。

◇

橘さんは人目を惹く。街を歩けば、男の人も女の人も橘さんをみる。きれいだな、とかそういう感じのリアクションじゃない。ありふれた日常のなかに突然、場ちがいに美しいものがあらわれて、みな思わず驚いてしまうという感じのリアクションだ。

週末、電車に乗っているときもそうだった。

乗ってくる人たちはみな必ず橘さんを二度見した。

俺はそんな橘さんとシートにとなり合って座っていた。

ふたりで、遊園地に向かっている。

海沿いの風景が列車の窓を流れていく。車両はガラガラだ。休日の動きだしにしては遅すぎる時間帯だからだ。海面に陽の光があたって、きらきらと輝いている。

『橘さん、明日どうする？』

『昼からゆっくりいけばいいんじゃない？　ただの視察でしょ？』

そんなやりとりを昨日、電話でした。橘さんの口調は終始、気だるげだった。

どうやら橘さんは本当に俺に興味を失くしたようだった。

「橘さんは相変わらずニッポン放送？」

「そういう部長はどうせ文化放送でしょ。アングラぶってるね」

「最近はTBSラジオもチェックしてる」

「そう。興味ない」

他愛のない会話をする。文化祭の視察に仕方なくついてきている女の子って雰囲気だ。

そして会話をしているうちに橘さんは寝てしまう。でも肩がふれ合うことも、こっちにもたれかかってくることもない。

「まずはお化け屋敷いく。みておきたい」

遊園地についてすぐ、橘さんはいう。噴水のある広場で記念撮影をすることもなければ、ショップでかぶり物を買うこともない。

お化け屋敷を目指して、足早に歩く。とても事務的だ。

「そういえば橘さんのクラスはお化け屋敷だっけ？」

「まあ、そんな感じ」

「橘さんなにやるの？」

「お化け」

白いワンピースを着て、長い髪を顔の前に垂らすらしい。

「似合うな」

「その勉強もする」

言葉のとおり、橘さんはお化け屋敷に入るなり、じっくりと観察するように周囲をみまわしはじめた。古民家をモチーフにしたジャパニーズホラーだった。暗いし、おどろおどろしい音楽が流れている。でも、橘さんは平然としていた。

「橘さん、こういうの恐くないのか？」

「全然」

特殊メイクをした和服の女の人が脅かしてきても、橘さんは逃げることなく、むしろ近づいてじっくり眺めたりする。

「ちょっとは驚いてあげろよ。お化けの人、困ってるじゃん」

「きゃー」

「棒読みなんだよなあ」

「それより部長、なんか腰引けてない？」

「そうか？　最近ちょっと姿勢がわるいからかな」

「さっきからずっと悲鳴あげてるし」

「発声練習だよ。のどの調子がわるくてさ」

「出口まで手引いてあげようか？」

「俺はそんなに情けなくないよ！」

お化け屋敷は何事もなく終わった。女の子と自然にくっつける定番スポットなわけだけど、橘さんはホラー耐性強すぎるし、俺が手を引かれるのもなにかちがう。

次の目的地であるイベントホールを目指して歩く。

「どうかした？」

よそ見をしていると、橘さんがきいてくる。

俺の視線の先にはアイスクリームの店があった。

「橘さん、ああいうの食べたくないかなって思ってさ。好きだろ、アイス」

「別にいいよ。遊びにきたわけじゃないし」

「そっか。そうだよな」

次に向かったのは期間限定でおこなわれている脱出ゲームだった。

俺たちが参加するゲームは、爆弾が仕掛けられた部屋に閉じ込められたという設定だった。

用意された謎を解いていくと、部屋のロックを解除する番号がわかるというものだ。

「脱出成功率は十七%だってさ」

「難しいんだね」

「でも俺たちミステリー研究部だ」

「余裕だね」

部屋に入り、着席する。司会の人の説明をきき、合図とともに謎解きを開始する。

机の上に置かれたクロスワードの紙をみるなり、橘さんは瞬時に投げだした。

「私、こういうテストみたいなのはちょっと……アレルギーが……」

「仕方ないなあ」

最後の解答にたどり着くまでには、いくつもの謎を解かなければいけない。他のチームがみんなで協力して最初のクロスワードを解くなか、俺はそれをひとりでやる。

「なんかクロスワードを解いたら、『カベヲミロ』って言葉がでてきたけど」

「ああ、あれじゃない？」

橘さんが部屋の壁を指さす。

派手な壁の模様のなかに、一つだけ数字がまじっていた。壁は広いのに、一瞬でたった一つの数字をみつけるんだから、やっぱり橘さんの観察眼はすごい。

そうやって解錠するための数字をいくつも集めなければいけないのだが、すぐにタイムアップになった。

「惜しかったね」

「最終解答の十桁のうち、三つしか数字わかってなかったけどな」

橘さんが謎解きの選り好みをするものだから、ほとんど進まなかった。

それはそうとして、イベントホールから外にでたところで、俺は空をみていう。

「もう、日が暮れてしまったな」

「出発したとき昼過ぎてたしね」

「他になにかみるか？」

「帰る。私、門限あるし」

ライトアップされた園内、恋人たちが手をつないで歩いている。そんななか、俺たちはジェットコースターにも観覧車にも目もくれず、出口に向かう。

俺と橘さんのあいだには人ひとりぶんの間隔が空いている。

「生徒会長は文化祭で脱出ゲームでも企画しろっていってたけど、あんなのムリだよね」

「だな」

「やっつけの展示でもしてごまかそうよ」

「おすすめミステリー一覧とかつくって本でもならべとくか」

「ラインナップ考えたらメッセージで送ってよ。私、ポップつくる」

事務的な話をしているうちに、俺たちは遊園地の外にでていた。

駅に向かって、海岸線につくられた遊歩道を歩く。

街灯に明かりがともって、海からの風が少し冷たい。

『門限あるし』

言葉のとおり、橘さんは少し足早に俺の前をゆく。

こういう曖昧な関係をずっとつづけていくのだと思った。

橘さんとは部長と部員で、早坂さんともなあなあで、柳先輩とも今までどおり。

それでいいと思う。やっぱり俺は先輩を裏切れないし、橘さんの今の家の状況を壊したくないし、なにより、俺は早坂さんをどうしていいかわからない。

当初は、一番好きな相手と上手くいくときは俺と早坂さんの関係は解消するという約束だった。でも今、ドライにそれを実行できるかといわれたら——。

そう考えると現状維持に着地する。

橘さんのことは今でも一番好きだ。でも、もともと一番の女の子とは付き合えないというのが俺の哲学なわけだし、こうやって近くでみれるだけで十分だ。

誰も傷つけず、橘さんとは適切な距離を保ったまま生活しよう。そう、思った。

でも——。

「つまらないな、つまらないよ」

橘さんがそういって、足を止める。そして振り返っていう。

「やっぱムリだよ、こんな三文芝居」

さっきまでの気だるげで事務的な雰囲気とはうってかわっている。

ドラマチックで、激しさと鋭さと、美しさを持つ女の子に戻っている。

「司郎くん、これ、デートだよね？」

射貫くような視線で俺をみつめながらいう。

「いや、これはミス研が文化祭でなにをやるか考えるための視察って話だろ」

「めんどくさいよ、そういうの」

だって、と橘さんはつづける。

「最初からミス研で活動できないってわかってるでしょ？」

「それは……」

「司郎くん、文化祭の実行委員なんだしさ」

そうだ。

後夜祭のステージ設営を担当している。それに、橘さんがクラスの企画のお化け役で忙しいことも知っていた。だから、文化祭で部の活動なんかできるはずがないことはわかっていた。

「それでも遊園地のチケットを手にとったのは、二人でお出かけしたかったからじゃないの？」

橘さんの瞳がうっすらと濡れている。

そして彼女はひどく感情的になっていう。

「私はさ、デートのつもりだったよ」

芝居の時間が終わった瞬間だった。

俺がみないようにしていたもの、気づかないふりをしていたものが、凛とした立ち姿の、しかしどこか儚げな橘さんによって、明らかにされていく。

それは今日一日、橘さんがずっと胸に秘めていた言葉や、もしくは最後まで胸に隠しておこうとしていたはずの感情だ。

「本当は朝からきたかった。入り口で一緒に記念撮影したかった。おそろいのかぶり物して園内をまわりたかった。アイスも一緒に食べたかった。ジェットコースターにも観覧車にも、一緒に乗りたかった。でも司郎くんが部長と部員でいたがってたから、気のないふりしてた」

「橘さん……」

「ねえ、司郎くんは今日どういうつもりだった？」

橘さんの瞳の奥にひどく寂しそうな、まるで少女のような不安がみてとれて、俺は思わずいってしまう。

「――デートだと思ってたよ」

「私が演技してることにも気づいてたよね？　私がデートのつもりできたって、最初からわかってたよね？」

わかっていた。

待ち合わせの場所に橘さんがあらわれたときから、そんなことはずっとわかっていた。

先日、みんなで映画館にいったとき、橘さんはアホ毛が立っているのをキャップで隠して、ボーイッシュとはいえるけど、完全に手抜きした格好だった。

でも今日、改札の前にやってきた橘さんはちがっていた。

フリルのついたオフホワイトのブラウスにジャケット、リボンタイ、そしてスカート。どれも高級そうな生地で、よそ行きのお嬢様といった雰囲気だった。わかりやすいくらいに女の子で、髪も巻いているし、うっすらと化粧もしていた。

「なのに知らないふりするんだから、ひどいよね」

「……ごめん」

俺だって、デートとして振る舞いたかった。

でも気づかないふりをするしかなかった。俺と橘さんが感情のままに突っ走ってしまったら、必ず傷つく人がいる。俺の手には早坂さんの感触が残っているし、柳先輩との思い出だって心のなかにたくさんある。

だから俺と橘さんの関係は曖昧なままにしておきたかった。でも――。

『別にいいけど』

いつもならそういう橘さんが今、ひどく傷ついている。

彼女の瞳からは、今にも涙があふれだしそうだ。

「昨日は寝れなかった」

橘さんはいう。

「どうしたら司郎くんにかわいいっていってもらえるか、ずっと考えてた。クローゼットから服をいっぱい引っ張りだして、鏡の前で悩んで。動画で勉強して、ヘアアイロンも使った」

「橘さん……」

「これ全部なかったことにされるの──ちょっとつらい」

俺たち四人のことを考えたら、いうべきじゃない。

でも、とうとう橘さんの頬にひとすじの涙が流れて、だから俺は昼に集合したとき、駅の改札前でいえなかったことをいってしまう。

「今日の橘さん、すごく素敵だ。普段も素敵だけど、いつもより、きれいだ」

「司郎くん……」

橘さんの表情が明るくなって、俺はやっぱり一番の女の子の笑顔がみたくて、橘さんと同じように今日一日いえなかったことをいってしまう。

「俺も朝からきたかったし写真も撮りたかった。かぶり物は少し恥ずかしいけど一緒にアイスも食べたいしジェットコースターも観覧車も乗りたかった。橘さんと一緒なら退屈なコーヒーカップだってかまわない」

「……コーヒーカップは退屈じゃないよ」

「それくらいデートしたかったってこと」

「だったらさ……」

橘さんは目元をぬぐうと、照れたようにそっぽを向きながら、手を差しだしてくる。

「……手くらいつなごうよ」

橘さんの手をとった瞬間、景色の解像度がいっきにあがった。世界に色がついたようだった。色彩のある世界。

夕暮れ、海岸通りの道、等間隔にならぶ街灯。

俺たちは嬉しい気持ちと、どこか物悲しい気持ちを抱えながら手をつないで歩いた。

風が吹いて、橘さんは髪を押さえながらいう。

「とぼけたふりするのは好き。すべてを言葉にする必要もない。でも、これだけは、はっきりさせときたい」

「なにを？」

「私と付き合うかどうか」

もうぼかさないで、と橘さんはいう。

「今、決めてよ」

◇

「司郎くんの手、思ったより大きいね」

「橘さんの手はみためどおり繊細だな」

「ピアノやってるから、けっこう力あるよ」

橘さんが力をこめる。指をしめつけられて、橘さんの骨の感触が伝わってくる。少し痛くて気持ちいい。そんな感じ。

橘さんには門限があるからとりあえず電車に乗った。

座れなくて、扉の前にならんで立っている。つないだ手はそのままだ。

『今、決めてよ』

橘さんは何度もきいたりしない。でも、その答えを待っている。駅のホームにいたときも、伏せられた長いまつげが物憂げで、彼女がそのことを気にしていることが伝わってきた。

俺は橘さんをみつめる。

もしここで断ったり曖昧なままにしたら、今度こそ橘さんは他人になって、俺のそばから離れていってしまう。そんな気がした。

「司郎くん、どうかした？」

「いや、なんでもない」

俺は先輩を裏切れないし、橘さんの家のためにも婚約が解消になるようなことはしたくない。

それでも恋人になりたいなら、隠れて付き合うしかない。

そんなこと、できるだろうか？

早坂さんは、俺たちがそうしていると知ったとき、どんな顔をするだろうか？

じゃあ、やっぱり橘さんとのことは全部なかったことにするのか？

でも、俺はもうこの一番の女の子が静かに泣くところを二度とみたくない。

考えているうちに、電車に次々と人が乗ってくる。

いくつかの駅に停まったあとは、身動きがとれないほどの満員電車になっていた。

「どこかの線が止まってるみたいだな」

「私、司郎くん以外の男の人にさわられたら吐いちゃうんだけど」

橘さんがそういうので、開閉しないほうの扉の前に立ってもらい、俺は橘さんが人に押しつぶされないよう壁になった。

「これ、あれだね。前にやった壁ドンみたい」

「そうだな」

橘さんの整った顔が近い。いい香りもする。今日の橘さん、香水もつけている。

俺はぎりぎりで橘さんにくっついてしまわないよう、踏ん張って立つ。でも——。

「司郎くん、こういうときは潰れちゃったほうが楽だよ」

「でも、なんていうか、橘さん華奢だし」

「私、ガラスじゃないよ」

この状況に甘えた。俺が潰れてしまったほうが車両のなかにスペースができるから、他の乗客のためにもいい。でもそんなのは正しさを盾にした言い訳で、結局のところ、俺はただ橘さんにふれたいだけだ。

「私もさ」橘さんがぽつりという。「けっこうつらいんだよ」

「……だよな」

「うん」

顔や口にでないだけ、と橘さんはいう。

「早坂さんと本当の友だちになりたかったな、って思う」

「なれるよ」

「瞬くんのこと好きになれたらよかったのに、って思う」

「先輩はいい人だ」

「司郎くんのこと好きにならなかったらよかった、って思う」

「……」

「でも現実の私は司郎くんのことが大好きで、だから瞬くんの気持ちにはこたえられなくて、早坂さんとも本当の友だちにはなれない」

――もう、その気持ちに知らないふりすることはできない。

橘さんはそういって、俺の胸に頭をあずけてくる。

俺は今、橘さんのこの細い髪にふれることができる。小さなひたいにふれることができる。頬にふれることができる。多分、それよりももっと先のことだって、この女の子に――。

そのとき突然、電車がゆれる。

後ろから圧力がかかって、橘さんを強く押しつけてしまう。俺の膝が、橘さんの足と足のあいだに入ってしまい、気まずい体勢になる。

「なんか、ごめん」

「謝らなくてもいいよ」

私は司郎くんのこと好きだから、と橘さんはいう。

「司郎くんは私になにしてもいいし」

でも橘さんは自分の太もものあいだに入った俺の足をみて、少し頬を赤くする。橘さんは大人っぽい雰囲気だけど、そういう方面についてはすごくキッズだ。

「顔、赤いぞ」俺はいう。

図星だったようで、橘さんはムッとした顔をする。

「ちょっと暑いだけ」

そういってすぐにいつもの平静な顔をつくり、内ももで俺の足をはさんでくる。橘さんの足はほっそりしてるけど、やっぱり太ももはやわらかくて、俺は変な気持ちになりそうになる。

だから、意識をそらすように、俺は車両のなかをみまわしていう。

「これ、俺たち降りられるのかな。マジで人いっぱいだ」

「……私はこのまま終点までいっていいけど」

「門限あるんだろ」

「私、もう十六だし、門限破ってお母さんに怒られるくらい、あってもいいよ」

それに、と橘さんはいう。

「門限どおりに帰ったら、そのあと私がなにするか知ってる？」

「あんまりききたくない雰囲気だな」

「お母さんと一緒に出かけて、瞬くんと、そのご両親と一緒に食事する」

降りる駅まで、あと六駅ほど。

橘さんをいかせたくない。その気持ちを認めるのは簡単だ。でも、そうすることが正しいかといわれたら、多分そうじゃない。

『今、決めて』

その言葉がよみがえる。

俺たちがやろうとしていることはわるいことだ。早坂さんと柳先輩をだまして、現状を維持しながら、橘さんと恋人になろうとしている。許されることじゃない。

でもすぐに気づく。これ、言い訳を探しているだけだ。

世間的に許されることじゃないから、橘さんとは付き合わない？

他に方法がないから、橘さんと付き合う？

どちらを選ぶにしても、仕方がなかったってことにしようとしている。自分の決定を、自分以外のなにかにゆだねようとしている。そうじゃないだろ、と思う。

俺は橘さんをみつめる。

ガラス玉のような瞳がみつめてくる。

「司郎くん？」

そうだ、橘さんはいつも言い訳しない。俺のことを責めることもない。

なのに、俺はいつも橘さんが好いてくれることをいいことに、全部橘さんのせいにして、ずっと自分に都合のいいこの状況を楽しんできた。

映画館でも、橘さんが手を握ってきたから仕方がないという顔をしていた。だから早坂さんを裏切ったわけじゃない、そんな言い訳を自分にしていた。

でも橘さんの手を握り返したのは俺だ。

俺の本心は簡単だ。橘さんが好きで、今も橘さんに先輩のところにいってほしくない。でも先輩も裏切りたくないし、早坂さんも傷つけたくない。

今までなら、そのろくでもない本心を曖昧なままにしていれば、橘さんがそれとなくくみとって俺の都合のいいように動いてくれていた。橘さんに甘えていた。

でも、橘さんにばかりそういうことをさせるべきじゃない。

彼女は人知れず傷ついていたのだ。だから――俺は、俺の責任で選択するべきだ。

俺は己の悪徳を自覚しながら、この不道徳な恋の片棒をかつぐべきだ。

そう考えると、頭のなかのネジがとんだ。

わかった、やってやる。自分でつくりだした、幻影じみた世間の道徳など知るか。

そう思うとなんていうんだろう、アホになった。

「司郎くん⁉」

橘さんが驚いた声をだす。俺が突然、橘さんをさらに強く押しつけたからだ。

勢いそのままに彼女の頭に顔をつける。さらさらの髪だ。

「いい香りがする」

「……なんか恥ずかしいんだけど」

橘さんの頬が赤い。そう、こういう初々しいところがみたかった。

守りに弱く、攻め込まれたときにめちゃくちゃチョロくなるところが好きだ。ポーカーフェイスの崩れたところが好きだ。余裕ぶっても、中身はまだまだキッズなところが好きだ。

橘さんはもうわるくならなくていい。俺がそうなるから——。全部、俺のせいだ。

「香水どこにつけた？」

「首すじ」

俺は俺の意志で、俺の責任で、誰のせいにもせず、断固たる決意をもって不道徳な恋をする。

橘さんの長い髪をかきあげる。白くて細い首すじに、躊躇なく顔を押しあてる。

「あ……」

橘さんの吐息が漏れる。彼女の体が震えたのがわかった。

「司郎くん、もう駅つくよ……」

電車がだんだんと減速していく。ここで降りないと橘さんは門限に間に合わない。先輩との食事にいけなくなる。

俺は橘さんを押さえつけたまま動かない。やがて電車は停まり、扉が開く。でも、そのままでいる。橘さんは抵抗しない。

「司郎くん……そういうことで、いいんだよね」

「──ああ」

数十秒の停車時間。

俺たちは静止した世界のなか、互いの息づかいを感じる。

やがて扉は閉まり、列車は動きだした。

◇

規則的な音を立てて、列車は進んでいく。

橘さんは俺の上着のなかに腕を入れ、背中に手をまわしてきた。

周囲からはわかりづらいように、抱きついている。

いつも恋愛ノートのゲームを言い訳にしてきたことを考えると、これが初めて真正面からする、ふたりのスキンシップかもしれない。

「俺、ろくでもない男だよな」

「そう？」

「橘さん、なにされてもいいっていっただろ。だからさっき、思ったことそのまました。橘さん、困ってるのわかってたけど」

「意地悪だね」

　でもよかったよ、と橘さんはいう。

「司郎くんのそういうの、ぶつけられたいって思ってたんだ」

「いいのか？」

「その感情で砕け散りたい」

　俺は満員電車のどさくさにまぎれて、橘さんに覆いかぶさる。彼氏がいる、婚約者がいる、倫理観や社会正義、そういうので抑え込んでいた好きという本物の感情をこめて、力いっぱい抱きしめる。

　橘さんの腰が弓なりに反った。

「司郎くんっ……」

「ごめん、苦しい？」

「ううん」

橘さんはいう。

「気持ちよすぎて……しにそう……」

俺もバカだが、橘さんもバカになる。

結局、俺たちは乗客が少なくなっても抱き合ったまま、終点までいってしまった。

おそろしく田舎の駅で、折り返し運転の列車の発車は一時間後だった。真っ暗なホームで、スズムシが鳴いている。周囲に民家もない。でも恋に浮かれた俺たちにはなんの問題もない。

人気のないホームの端にいって、橘さんの薄い口びるを割って、舌を入れる。

橘さんはもうできあがっていて、脱力して、なすがままだ。

俺が一方的に蹂躙する。橘さんは喘ぐように口を開けている。彼女の舌の感触をたしかめるように舐める。歯の裏も。夏とは逆だ。橘さんはキスしながら、全身を押しつけてくる。

「やっと司郎くんからキスしてくれた」

橘さんは恍惚としている。

「こうやって強引にされるの、すごくいい。もっとしてよ」

橘さんの望むとおりに、俺はまた思うままにキスをする。

こんなきれいな女の子と、一番好きな女の子と、望まれてこういうことをするのは、ごく控えめに表現して最高だった。

橘さんの華奢な体を思い切り抱きしめる。橘さんはまた腰から弓なりにしなり、喜びに震える。俺はそれが嬉しくて、また強く抱きしめる。橘さんはまた震えて、小さく痙攣する。

俺たちはどんどん昇っていく。口を離せば糸を引く。またキスをする。

「司郎くん……息継ぎ……させて」

橘さんが息も絶え絶えになっていう。俺も苦しくなって一度息を吸う。

酸欠になりそうだ。でもすぐに——。

「もう一回してよ、もっと……もっと……」

「もちろん」

何度目かわからないもう一回のキスを始める。唾液が口の端から垂れる。わざとらしく音を立てて、いっそうそれが俺たちを興奮させる。橘さんが腰を押しあててくる。

唾液を交換する、何度も何度も、繰り返して——そのときだった。

スマホのシャッター音がきこえた。少し離れたところから。

一瞬、俺たちは動きを止める。ホームには俺たちしかいないようにみえる。

もし撮影した人間がいて、隠れたのだとしたら、被写体は俺たちだ。そして撮られたのはふたりがキスしているところだ。

「激写されたな」

「うん。されたね」

わざわざ撮るということは、俺たちのことを知っている可能性が高い。

後々のトラブルになることはまちがいない。そんなことを考えるけど、でも――。

「どうでもいいよね」

「どうでもいいな」

恋愛ノートのゲームをしているときと同じで、俺たちはこういうことをしているとすぐに頭がアホになってしまう。

だから気にせずキスをつづけた。橘さんは息が苦しくても、喘ぎながらキスしつづけた。

そして一時の熱が冷めると、例のごとく我に返った。

帰りの電車、シートにならんで座りながら、俺たちはすぐにルールをつくった。

学校や駅のような公共の場ではキスをしたり抱き合ったりしない、というルールだ。

俺たちがこれからどうなるのか、どこにいくのかはわからない。

いずれにせよ、一つだけたしかなことがある。

「私たち、付き合うんだよね」

列車のシート、橘さんは脱力し、俺にしなだれかかりながらいう。

「ああ」

俺はうなずく。

「先輩にばれずに、早坂さんにも黙ったまま、恋人になろう」

第10話　カーテンのなか

「あれ？　橘さんいなかった？」

早坂さんがいう。

体育倉庫でのことだ。

俺はさっきの授業で使ったサッカーボールを片づけていた。

「橘さんならハードル持って、でてったぞ」

「そっか」

体操服姿の早坂さんは、周囲をみまわし、グラウンドからみえないよう扉を閉じる。

「さてはよからぬことを考えているだろ」

「だって、最近ずっと会えてないんだもん」

早坂さんは拗ねた表情でいう。

「お互い文化祭で忙しいからな」

「桐島くん、実行委員だもんね。後夜祭のステージ担当でしょ？」

後夜祭では毎年、ベストカップル選手権がおこなわれる。男女一組になって二人三脚したり、パネルクイズをしたりして、恋人たちが絆の強さを競うのだ。

優勝したペアは必ず結婚するというジンクスもある。

「あれ、すごく盛りあがるよね。文化祭のラストステージだし」

「俺はただの設営担当だけどな」

ステージを組み立てるだけで、企画は別のチームがやる。

「じゃあ桐島くん、当日は空いてるんだね」

「そうなるな」

だったらさ、と早坂さんはもじもじしながらいう。

「カップル選手権……一緒に出場したいな、なんて……」

「どうなんだろうな。さすがに難しい気がするけど」

「だ、だよね！　出場するってことは、みんなに私たち恋人ですって打ち明けるようなものだもんね……。そんなことしたら、私は先輩にいけなくなるし、桐島くんも困っちゃうよね」

変なこといってゴメン、と謝る早坂さん。

「その前に早坂さん、クラスのほうが忙しいだろ」

「そうなんだよね」

俺と早坂さんは同じクラスだ。俺は文化祭実行委員だから全面的にクラスの活動を免除されてるけど、クラスでは真面目で通っている早坂さんは、企画のかなめだったりする。

「コスプレ喫茶って、ちょっとベタだよね」

「みんな早坂さんに期待してる」

「うん。後夜祭のときも店にいて接客してほしいって頼まれてるんだ……」

ベストカップル選手権の出場はスケジュール的に無理だ。

「わかってたんだけど、なんか、出場してみたいなって思っちゃったんだ。文化祭の空気にあてられたっていうか。ほら、ちょっと学校全体が浮ついた感じするでしょ？」

「まあ、恋の季節だよな」

文化祭マジックとでもいうのか、校舎の至るところで恋が生まれている。

「早坂さんもけっこういいよられてるってきいたけど」

「ちょっとだけ、ね」

「遅くまで残ってたりして大丈夫なのか？」

「平気だよ。いつもみたいに告白されたり、連絡先きかれたりするだけ」

「早坂さんが三年のかっこいい人に告白された、って女子が騒いでたけど……」

「えっと、誰のことだろ……みんな同じ顔でちがいなんて……あ！」

そこで早坂さんはなにか思いついたような顔になり、急に目をキラキラさせる。

「うん、すごくかっこよかった！　その人と付き合ったらどうなるんだろう、って思った！」

早坂さん、やっぱ演技が下手だ。

とにかく俺を嫉妬させたい、って気持ちが顔に書いてある。どうしようかな、と思うけど、そんな早坂さんがかわいらしくて、俺も下手な演技でのってみる。

「や、やめてくれよ〜、そ、そんなこといわれたら、俺、不安になるよ〜」

「桐島くんは嫉妬深くて仕方がないなぁ」

ふふん、と満足そうな顔をする早坂さん。もう少し俺を嫉妬させるための演技をつづけるのかと思ったら、早坂さんはすぐに近寄ってきて俺のジャージを両手でつかむ。

「えへへ、大丈夫だよ」

そういいながら、ひたいをぐいぐいと俺の胸に押しつけてくる。いや、ちょろすぎるだろ。

俺、もうちょっと演技する準備できてたぞ。

「桐島くんが私のこと好きでいてくれたら、いい子いい子って頭撫でてくれたら、私、どこにもいかないよ」

ねだられるままに、俺は早坂さんの頭を撫でる。

「これ、好きぃ。もっと撫でてぇ」

感情のままに甘えまくる早坂さん。

頭撫でなくてもどこにもいかなそうだな、と思う。そんな早坂さんを愛おしくも思う。

「安心してね。私の彼氏、桐島くんだけだもん。他の男子なんて、みんなどうでもいいもん」

早坂さんはそういいながら、なぜか顔を離し、急に、曇った瞳を俺に向ける。

「でも……それをいうなら、桐島くんのほうがよくないよ」

「なんで？」

「私は声をかけられても、告白されても、それだけだもん。でも、桐島くんはちがうよね？」

「え？」

「私、知ってるんだよ」

そういう早坂さんの表情は消えていて、俺の背筋を汗が伝う。

橘さんとのことはバレようがないはずだ。スマホでのやりとりは家でしかしないし、遊園地以来、ふたりでお出かけもしていない。

でも、あのとき終点の駅で誰かにキスをしているところを激写された。まさかあれが――。

「ねえ桐島くん」

早坂さんは虚ろな瞳で俺に問いかけてくる。

「私にいうことあるよね？」

「いや、その、あれは……」

「……重い女の子って思われたくないから、きけなかったんだけど」

早坂さんのジャージをつかむ手に力が入る。

「桐島くん、なんでそういうことするかなあ。私、気になって、ずっと夜も眠れないんだ」

「ま、まずは落ち着こう」

「すごく、きれいな人と仲良くしてるよね。私に黙って、私に隠れて、私がいるのに、私はなんでもするのに、どんなことでも喜んで受け入れるのに……」

「わかってもらえないかもしれないが――」

「ううん、きれいな人って感じじゃないね。どっちかっていうとかわいい、かな……」

「かわいい？　まあ、ふたりきりのときはかわいいと思うことのほうが多いけど」

「すごく元気で」

「元気、かな？」

「年下の……」

「年下？　年下、年下、ああ、年下！」

　そこで俺はやっと思いあたる。

「浜波のことか！」

　俺と一緒に仕事をすることになった、文化祭実行委員の一年生だ。

　名前は浜波恵。

　下級生だけどしっかりもので、俺によく小言をいってくる。

　俺は早坂さんに浜波のことを説明する。

「話してるのは全部、文化祭についてだよ。あいつ、一年だけど副委員長やってるからさ。俺にあれこれいってくるんだ。どれも事務的な指示とか、スケジューリングとかだよ」

「そっか……」

早坂さんの瞳に光が戻ってくる。

「そっか……そっかそっか！」

「俺もなにもいってなくてごめん」

「ううん、私の勘ちがいだったんだね。かわいらしい女の子といつも一緒にいるから、ちょっと心配しちゃった。私ってバカだなあ、桐島くんがそんなことするはずないのに」

早坂さんはすまなそうな顔をしながらも、えへへと笑って抱きついてくる。

「桐島くんが私を傷つけるはずないよね。朝ちょっと迷ったけど、やっぱり包丁もってこなくて正解だった」

「あ、うん」

今さらっとすごいこといったな！　それはそうとして——。

「早坂さん、いくら体育倉庫とはいえここ学校だぞ」

「いいの。私、最近がんばってるから、ご褒美」

そういいながら、あごをあげてみあげてくる。

相変わらず甘えただ。俺は早坂さんに求められるまま、そのふっくらとしたくちびるにキスをした。早坂さんはさらにおねだりをするように、口を押しつけてくる。でもすぐに体育倉庫の外から早坂さんを呼ぶ女子生徒の声がきこえてきて、俺たちは急いで体を離した。

「もういかなきゃ」

早坂さんはそのまま倉庫からでていこうとして、振り返っていう。

「私たちちゃんとした彼氏彼女だよね？」

「もちろん」

「だったらさ――」

早坂さんはそこで妙に色っぽい表情になっていう。

「文化祭が落ち着いて時間ができたら、みんながしてること、私たちもしようね。普通の彼氏彼女がしてること、しようね。約束だよ？」

それだけいうと、体育倉庫からでていった。

――みんながしていること。

早坂さんのいうそれって多分、とても大人な行為のことだ。高校生でもそういう行為をしている人たちはそれなりにいると思う。

でも俺にとって、その問題は大きくて、よく考える必要がある。

だけどその前に――。

「もういいかな？」

そういいながら、跳び箱の陰から女の子がしれっとした顔ででてくる。

橘さんだ。

そうなのだ。体育倉庫でふたりきりになっていたところ、早坂さんがやってきた。だから橘さんはとっさに隠れたのだった。

「早坂さんのいってる普通の彼氏彼女がしてることってなに？　キスじゃないよね？」

橘さんが首をかしげながらいう。

「なんのことだろうな」

俺も首をひねってすっとぼける。

橘さんは最近、少女漫画で恋を学んだばかりの恋愛キッズだ。しかも許嫁がいるくらいの箱入りだ。だからキスより先のことを知らなくても不思議ではない。それならそれでいい。保健体育の時間になにをしていたのかと思うが、とにかく勉強が嫌いな女の子だ。どうせ授業中は意識をトばしていたのだろう。

「まあ、いいけど」

橘さんはいう。

「それより早坂さん、やっぱり司郎くんがいないと壊れそう」

よかったの？　と橘さんは俺にきく。

「司郎くんも、早坂さんともっとキスしてたかったんじゃないの？」

「あの、なんていうんだろ……俺と早坂さんは——」

「いいよ。別に気にしてないから」

本当に、なにも気にしていないようだった。俺と早坂さんがどういう状況なのかたずねてこないし、興味なさそうな顔をしている。

「でも、そうだな」

橘さんは片手で俺のジャージの胸元をつかむと、ぐいっと顔を引き寄せる。

そして、薄いくちびるを押しあててきた。

離したあとで、いたずらっぽく笑いながらいう。

「上書き」

◇

きわどいバランスになってきた。

早坂さんの俺にたいする気持ちは加速気味だ。

特に最近は『普通の彼氏彼女がすること』をとてもしたがる。文化祭の準備があるうちはいいが、そのうち決断を迫られることは簡単に想像できる。

一方、橘さんは基本的にクールで自制が利いている。でも、感情的になって鋭い切れ味を発揮することもあるし、頭がアホになるときもあるから、読めない部分が多い。

いずれにせよ、早坂さんには、俺と橘さんの関係を上手く隠しておかなければいけない。

そうなると、駅のホームでのシャッター音が気になる。

一体、誰が俺と橘さんのキス画像を持っているのだろうか。

そんなことを考えながら、放課後、グラウンドでステージの設営をしていたときだった。

「やってますねえ」

浜波恵が声をかけてきた。

文化祭実行委員の一年生。

全体的に小さな印象の女の子。前髪をアシンメトリーにして今風の顔立ちをしているけど、風紀委員も兼任するくらい、性格はかなり真面目だったりする。

「桐島先輩、ナットを締める姿けっこう似合ってますよ」

作業の進行状況を確認しにきたのだろう、胸にファイルを抱えている。

「なんか、浜波みてると安心するな」

「急にどうしたんですか？」

「浜波ってちゃんと女子高生してるもんな」

今どきの、すごく普通の女の子だ。

精神的に壊れたりしてないし、鋭い感性でこちらを突き刺してくることもない。

「なあ、もっと話そうぜ」

「え？　話の流れ全然わかんないんですけど？　先輩、頭大丈夫ですか？」

「浜波はいいなあ。そうやってちゃんと、つっこんでくれるもんなあ」

「どういうことですか？　桐島先輩の周り、ボケしかいないんですか？」

「そうなんだよ」

俺が不道徳な選択をしても、早坂さんや橘さんがそれをとがめることはない。むしろそれで喜んだり、重ねてきたりする。

「今、トリプルボケみたいになってってさ。つっこまれると嬉しいんだ。なあ浜波、もっとつっこんでくれよ」

「え、なんかヤバい感じですし、私そういうのムリなんですけど」

「そうなんだよ俺はヤバいやつなんだよ、そういってくれるやつが必要なんだよ！」

「いきなりテンションあげないでくださいよ、完全にキマってるじゃないですか！」

「すげえ気持ちいい、その常識が気持ちいい。今、俺に必要なのは俺を否定してくれるやつなんだ、叱ってくれる人なんだ……」

「私は先輩のその情緒が恐いです！」

「もっとくれ！　俺を罵ってくれ！　最低だといってくれ！」

「うっとうしいですね～、しっかりしてください！」

浜波にファイルでしばきあげられる。それもまた最高だった。

「ただでさえ、学校全体が浮かれてるんですよ？　実行委員の私たちがしっかりしなくてどうするんですか！」

今はそのありきたりな意見が気持ちいい。

俺はひと息つき、冷静になってからいう。

「それで、なにかあったのか？」

「喫茶店で申告してた三年生のクラスが、実際はキャバクラやろうとしてたんですよ」

「実行委員としてビシビシ取り締まろう。文化祭は健全にやるべきだ」

不健全な関係をつづけている反動として、俺は清涼なものを求めていた。人には代償行為が必要なのだ。

「なにか問題が起きてからではダメですからね。文化祭を成功させるためにも、節度を守ったものにしないと」

「浜波(はまなみ)のその考え方、すげえいい」

「そのノリはいいですって」

浜波(はまなみ)は俺の胸にビシッと手をあてる。

「ということで、私と先輩はこれから毎日、最後まで残って見回りをします。みんな浮かれポンチになってますからね。校内でいかがわしいことが起きてからでは遅いんです」

「なんで俺？」

「設営だけで楽してる実行委員、先輩だけですよ」

「だろうな」

こうして、俺は不健全な行為を取り締まる側になった。すごくアンビバレントだ。

「手始めに先輩には橘ひかりさんを注意、指導してもらいましょうかね」

「え?」

「仲もいいみたいですし」

いきなり橘さんに話がとんで、俺はぎょっとする。

「な、な、なんで俺が橘さんと仲いいって知ってるんだ?」

「だって桐島先輩、同じミステリー研究部じゃないですか」

「あ、ああ、そうだ」

そうだった。どうやら俺は神経過敏になっているようだ。

「でもなんで橘さんに注意するんだ?」

「あそこのクラス、お化け屋敷やるじゃないですか。どうやらそこに謎解きの要素をくわえて、脱出ゲームにしたらしいんですよ。お化け屋敷からの脱出です」

「それはいいんですけどね、お客さんの集め方に問題があるんですよ」

遊園地の視察の成果はあったみたいだ。

「どんな感じなんだ?」

「脱出成功の報酬が、橘先輩らしいんです」

「橘さんがもらえるのか? すごいなそれは……」

そんなわけないじゃないですか、と浜波は冷静にいう。

「橘先輩と一緒にベストカップル選手権に出場できる権利ですよ」

それで男子生徒たちが、おおいに盛り上がっているらしい。

優勝したペアは将来結婚するというジンクスだってある。

「女の子が景品ってのはよくないと思うんです。微妙な案件だから正式にどうこうはいいづらいんで、桐島先輩から橘さんにやめるよういってくださいよ」

「でも、それってぎりぎりセーフじゃないか？」

俺は個人的な事情を抜きでこたえる。

「お化けの格好のまま出場するならネタですむだろ。ほら、ベストカップル選手権って男同士で出場してウケ狙ったりするじゃん。お化けもその範囲内じゃないか？」

「ダメですよ。お化けとはいえ橘先輩なんですから。当日、景品目当てにお化け屋敷に人が殺到して混乱しますよ」

最近、橘さんの人気が全校的に爆上がりしているらしい。

「ほら、彼氏が結局ニセ彼氏だったじゃないですか」

「ああ、あれね」

柳先輩の親戚が橘さんに変な虫がつかないよう彼氏ヅラをしていた。

当の柳先輩は気をつかって、婚約のことを周囲にいっていない。

「フリーだってわかって、男子たちはテンションあがりまくりですよ。私のクラスの男子たちなんて、わざわざ二年の教室に橘先輩みにいってるんですから」

現場で事故が起きたら大変です、と浜波はいう。まあ、個人的にも、橘さんが他の男とベストカップル選手権に出場しているところはみたくない。

「わかった、いっておく。他に問題になりそうなのは？」

もう一つあってですね、と浜波がいう。

「二年で、コスプレ喫茶やるクラスがあるじゃないですか」

「それ、俺のクラスだ。完全にノータッチだけど」

「きわどい格好の衣装とかも用意されてるっぽいんですよね」

俺がすぐさま思い浮かべたのは早坂さんだった。

みんなに頼まれて、困りながらも笑っている顔が簡単に想像できる。

「でもそっちは注意しない方針なんですよね。毎年どこかがやってることで、トラブルになったことはないんで」

「ふうん。でもさ、なんとなく周りに合わせて、着たくもない衣装を着る女の子がいるかもしれないだろ。実行委員として注意したほうがいいんじゃないのか？」

「そうですねえ。でも、そんな子がいたとしたら――」

浜波は少し考えてからいう。

「同じクラスですし、桐島先輩が助けてあげたらいいんじゃないですか？」

◇

浜波と校舎の戸締まりをするようになって思ったのは、この文化祭シーズン、みんな想像以上に浮かれポンチになっているということだった。

「今あわてて逃げてったカップル、服脱げてたよな？」

「……体育館でなんのリハーサルしてたんですかね」

「早く施錠しよう」

そんなことを始めて数日後、俺は生徒会室の扉を叩いていた。

放課後のことだ。

生徒会室の周りには人の気配がない。ミス研の部室と同じ、旧校舎にあるからだ。部屋には生徒会長の牧の他に誰もいなかった。全員、出払っているらしい。牧は次々に文化祭の予算に関する資料に目を通していっている。涼しい顔をしているが、処理が速い。

「珍しいな、桐島がこっちくるなんて」

ちょっとな、と俺はこたえる。

「前に生徒会ＹｏｕＴｕｂｅｒ化計画やろうとしてたろ」

「それがどうかしたか？」

「そのときの小道具どこにある？」

「この部屋のどっかにはあるけど――」

俺は散らかった生徒会室でそれを探す。棚を開けたり、机の下に頭をつっ込んだりする。そしてそれはすぐにみつかった。

大きなゴミ袋に入れられている。

生徒会の役員がカメラに映る前提で用意されたものだ。牧の思いつきで、けっこう大きな額の予算が投入された。

牧は頭の回転が速いから、すぐに俺の意図に気づく。

「桐島、それ早坂のためだろ」

「まあな」

今日の昼休みも、教室では文化祭でやるコスプレ喫茶の準備がおこなわれていた。

そのとき、早坂さんは着せ替え人形みたいになって、みんなにいわれるがままにいろいろな服を着ていた。メイド、猫耳、早坂さんを客寄せの目玉にしようとしているから、やはりきわどい衣装が多かった。

コスプレ喫茶というクラスの方針がある以上、それに反対することはできない。

早坂さんはいつもの愛想笑いをしていたけど、時折みせる表情はとても暗かった。彼女はそういうのが本当は好きじゃない。

「今さら早坂に自分でなにかいえる性格になれっていうのも無理だしな」

「だろ。でも俺がやめろっていうのも変だからさ」

そこで一計を案じたのだった。

「でも桐島が助けちまっていいのか？」

「別にいいだろ」

「だって、そうなったらまた早坂のやつ、ヤバい感じにならないか？」

たしかに俺が助けると、好きという感情を暴走させる傾向が早坂さんにはある。

「今、お前らがどうなってるか知らないけどさ」

「人にいえるような段階じゃなくなった」

「俺にも？」

「ああ」

「やってんなあ！」

牧はあきれながらも感心したような声をあげる。

「わかったよ。これは誰か生徒会のやつに持っていかせるよ。生徒会からの餞別だっていえば桐島の名前はでないからな」

ちょうどそこに一年生の書記の男の子が戻ってきて、牧にいわれて、大きなゴミ袋をかついで俺のクラスに運んでいった。これでもう大丈夫だろう。

「わるいな」

「かまわねえよ」

それよりハンドリングを誤るなよ、と牧はいう。

「男の『好き』ってけっこう軽いだろ？」

「基本的に惚れっぽいしな」

「女の子の『好き』はなかなかもらえないぶん、そうなったときはだいたい本気でさ。そりゃあ嬉しいもんだけど、多分、俺たちが想像している以上にすごいデカい感情だぜ」

「最近そう感じてるよ」

世間の常識にとらわれず、オリジナルの恋愛を誠実に追求する。そのスタンスは変わっていない。映画やドラマみたいな恋に自分たちをあてはめて、本当の感情を無視したくない。

でも、型にはめない生の感情というのは、善悪を超えた力の奔流で、俺はそれについてもっと慎重になる必要がある。

「じゃあ、そろそろ校舎の戸締まりするから」

「おう、おつかれさん」

「牧もあんま遅くなるなよ」

そういって生徒会室をでる。長い時間、牧と話してしまった。

すでに旧校舎は真っ暗だ。

非常灯の緑の光が病院を連想させる。自分の足音がひた、ひた、と響く。

古ぼけた廊下がちょっと雰囲気ありすぎる。俺は思わず足早になっていた。

第二化学室の前を通る。すりガラスの向こうにならべられた解剖の標本が視界に入って、俺はすぐに目をそらす。なんだか寒々しい。そして。

――誰かにみられている。

そんな気がした。視線を感じるのだ。

誰かにつけられている。そう思い、振り返るが誰もいない。

暗い校舎が、ありもしない想像をかきたてる。

そのときだった。

地学準備室から、カリカリと扉を爪でひっかくような音がした。

思わず足をとめてしまったその瞬間――。

なにものかが飛び出してきて、俺をつきとばした。

後ろに転んだところを、馬乗りになられる。

人だ。

その手に銀色に光る刃物がみえた。

◇

俺はホラーが苦手だ。

中学のとき、牧の家に集まってホラー映画の上映会をしたことがある。ずっとテレビのソニーのロゴをみつめつづけ、終わったあとで「あんま恐くなかったな」といったことを覚えている。

そんな俺だから、旧校舎で包丁を持った、薄汚れた白いワンピースの女に襲われて、ぎゃー、わー、はー！　とシンプルな悲鳴をあげるのは無理もないことだった。

女の顔はわからない。長い髪が顔の前面に垂れて隠れてしまっているからだ。

でもやっと、お化け屋敷の話を思いだす。

「……なるほど、橘さんか」

「正解」

髪をかきわけ、顔がでてくる。でも顔の下にもちゃんと、おどろおどろしいメイクをしているのだった。

「びっくりした？」

「そうだな。なかなかやるじゃないか」

悲鳴をききつけて、遠く生徒会室の扉が開き、牧が顔をだす。でもすぐに事情を察したようでひっこんでいく。

「橘さん、こんなところでなにしてるんだ」

「司郎くんが旧校舎に入っていくのがみえたから、驚かそうと思って」

俺が牧をたずねていったのは小一時間前だ。つまり橘さんはそのあいだずっと、誰もいない地学準備室でスタンバイしていたことになる。真っ暗な中で。どういうメンタル？

「橘さん、これだけのために？」

「まあね。部活もできないし、お出かけもできないし」

橘さんは門限を破ったあの日以来、お母さんに外出を厳しく制限されている。休日に一緒に遊ぶことはもちろんできないし、平日も文化祭の準備が終わればまっすぐ帰る。

「お互い忙しいから仕方ないんだけどさ」

橘さんは少し迷ったそぶりをみせてから、いう。

「なんか、ちょっと寂しかったっていうか……よくわからないけど……」

自分でもそういう感情が芽生えたことに困惑しているようだった。

「そういうことだから」

橘さんは俺に馬乗りになったままの状態から、ためらいもなくキスをしてきた。くちびるを押しあて、俺の口のなかに舌を入れ、とてもさわやかにさらりと一周させる。

「いいね」

満足そうな顔の橘さん。

ホラーメイクがなければ、かなりかわいい表情だったろう。

「じゃあ、そろそろ戻るね。みんなそろわないと解散しないから」

橘さんはあっさりと立ちあがる。寂しいというのならもうちょっと、と思わないでもないが、これが橘さんなのだ。

「文化祭、がんばってるんだな」

「司郎くんがいったからだよ。こういう行事は大切にしたほうがいいって」

橘さんには犬のように従順なところがある。

「じゃあね」

そういって橘さんは新校舎に向かって走っていった。

俺は時間差で新校舎に戻る。

「ちょっと先輩、遅いですよ。どこで油売ってたんですか！」

実行委員の本拠地になっている視聴覚室で浜波と合流する。浜波が校舎の一階と特別教室、俺が二階と三階の消灯を確認していくことになった。

俺はまず三階にある三年生の教室からまわっていく。まだ残っているクラスがあったので帰るよう促す。受験が控えているため、三年生はどのクラスもさほど文化祭の企画に力を入れていない。それでも放課後残っているのは、過ぎゆく青春の名残惜しさだろう。

文化祭の準備で遅くなった夜の校舎には、不思議な魅力がある。

楽しさと、少しの寂しさが混じり合って、最終電車と似ている。

二階に降りて、二年の教室をまわっていく。

最後に電気がつけっぱなしになっている教室があったので、俺はその教室のなかに入る。

電気を消した、その瞬間だった。

後ろから抱きつかれた。みるまでもなく、そのやわらかい感触で誰かわかる。

「桐島くん……」

甘えた声と、背中にあたる悩ましいほどの熱い吐息。

完全に、スイッチが入っているときの早坂さんだ。

◇

秋の夜、文化祭準備中の校舎、ふたりきりの教室。

窓から月明かりが差し込んでいる。電気は消えていても、真っ暗ではない。

後ろから抱きついてくる早坂さんの腕に力がこもる。

「橘さんと旧校舎から一緒にでてきたよね。なにしてたの？」

ヒヤリとする問いかけ。

でも早坂さんのくっつきかたで、危ない場面じゃないとわかる。

「橘さんが部室に置いてる本を持って帰りたいっていうから、鍵を開けたんだ」

苦しい言い訳。でも早坂さんは全然それでいいみたいだった。

「そっか。桐島くん、橘さんとあんまり仲良くできてないもんね」

「文化祭準備期間はミス研やってないからな」

「知ってる？　最近、橘さんが帰るとき、こっそり先輩が迎えにきてるんだよ」

橘さんはこのところ、俺と帰るタイミングをずらしている。先輩といるところを、みせないようにしているのだろう。それがちょっといじらしかったりする。でも今はそれより——。

「ちょっと、早坂さん」

「いいの」

早坂さんが正面にまわり込んでしがみついてくる。

「俺、この感じ知ってるぞ」

「ありがとね、桐島くん」

早坂さんの視線は教室のすみ、生徒会室から運ばれたビニール袋に注がれている。そこからはクマのキャラクターの巨大な顔がのぞいていた。

牧が生徒会ＹｏｕＴｕｂｅｒ化計画を立ち上げたときに、百万円もの予算を使って購入した

着ぐるみだ。学校のマスコットキャラとして登場させたが、再生数はまったく伸びず、すぐに計画はなかったことになった。

「生徒会の人がね、コスプレ喫茶でこの着ぐるみ使っていいよ、って持ってきてくれたんだ」

早坂さんはすぐにこれを着たい、と手をあげたという。

「他の服着てほしいっていう人たちもいたけど、かわいいクマの格好したい、これじゃなきゃヤだっていったら、なんとかなったんだ」

当日は全身着ぐるみで接客することが決まったらしい。

「ありがとね。私、ホントは胸を強調した衣装なんて着たくなかったんだ」

「これを運び込んだの生徒会だろ」

「ううん、桐島くんのおかげだよ。こういうのは全部桐島くんなんだよ」

早坂さんがまた俺にくっついて、顔を押しあててくる。

「そのうち空が晴れるのも俺のおかげになりそうだな」

「えへへ。昼休み、私が困ってたのみてたでしょ？　あのとき、桐島くんが助けてくれる気がしたんだ。だって、桐島くんだもん」

でも私ばかりじゃダメだよ、といたずらっぽくいう。

「桐島くんの本命は橘さんなんだから」

そういいながらも、すごく嬉しそうな顔をしている。

「それより早坂さん、ちょっと大胆すぎる。まだ残ってる生徒もいるんだぞ」

「じゃあ隠れようよ」

教室の一番後ろ、窓際まで手を引いてつれていかれる。早坂さんがカーテンを引き、俺たちはそこに隠れる格好となった。早坂さんの目はもうとろんとして、できあがっている。

「桐島くんは最高だよ」

早坂さんはそういうと背伸びをしてくちびるを押しあててきた。

「いや、俺は最高なんかじゃない──」

本当にそうだ。

なぜなら早坂さんとキスをしているけど、口のなかにはまだ橘さんの唾液が残っている。でも早坂さんはおかまいなく舌を入れてくる。湿っていて、厚みがあって、とても熱い。とにかく上品で繊細な橘さんの舌の感触とは、またちがっている。

「他の男子なんてみんな最低だよ。体ばかりみて、そういう服着せようとして。でも桐島くんはちがう。桐島くんだけはちがう。だから最高なんだよ」

「いや、俺も似たようなもんだけど」

今だって、橘さんと早坂さんを比べてしまっている。早坂さんの体はやわらかくて、ぎゅっと抱きしめたい。橘さんの体は感覚が鋭敏で、めちゃくちゃにしたい。

でも早坂さんと俺の心は別々だから、すれちがったまま加速していく。

「ううん、桐島くんはちがうよ。あんな人たちとはちがうよ。他の男子が私の体をどんなふうにみてるか知ってる。でもあの人たちにはみせてあげない。さわらせてあげない。でも桐島くんはいいんだよ？　桐島くんにはみせてあげる、さわらせてあげる。ううん、みてほしい、さわってほしい。ねえ、桐島くんは私の体、好きにしていいんだよ、オモチャにしたって私、全然いいんだよ。ねえ、オモチャみたいに、好きにしていいからさ」

そういいながらブレザーを脱ぎはじめる早坂さん。

そして、どこか酔ったような表情でいう。

「……しようよ」

「え」

ブレザーが、つづいてセーターが、床に落ちる。俺は視線をそらし、それをみながら間抜けにも「なにを？」とたずねる。なにをしようというのか。でも早坂さんは薄く笑うだけだ。

こういうときの早坂さんはとても妖しく、色っぽい。

「ここで……、しちゃおうよ」

リボンタイも床に落ちる。胸元が開いたシャツと、スカート。

「ねえ、さわって……」

いわれて、俺はごまかすように早坂さんを抱きしめる。でも――。

「右手の指、もうちょっと上だよ」

早坂さんの背中、いわれるままに右手を動かすと、指先に硬い布と金具の感触がある。

「ずらしたら、簡単に外れるから」

いわれるがまま、ブラウスの上から留め具をずらす。

早坂さんが身をよじると、シャツのなかから、ピンク色の布が落ちた。

ブラジャーだ。

いやいやいやいや――。

「ちょ、ちょっと待って、早坂さん。つっこみどころしかないって」

でも早坂さんは俺のいうことなんてきいてなくて、俺の手をつかむとシャツ一枚になった胸にもっていこうとする。締め付けるもののなくなった早坂さんの胸元は、想像していたよりも大きくて、なめらかな白い肌は少女みたいだけど、ひどく煽情的だ。

踏み込みすぎて、暴走している。

でも、そのときだった。

廊下から数人の男子生徒の話し声がきこえてくる。

『早坂さんまだ残ってるっぽいぜ。あ、電気消えてる。まだいるはずだけど……』

『マジ？　いたらメッセージのＩＤきこうぜ』

『いっそもう告白しちまえよ』

こっちにやってくる。

正直、助かったと思った。

「早坂さん、ほら、急いでブレザー着て──」

俺はいう。しかし。

「桐島くん以外の男子なんてみんな死んじゃえばいいのに」

早坂さんは冷めた目をして、本当にわずらわしそうにいう。

「いつもいつも、こんなときまでじゃまをして……」

そこで早坂さんは、「あ、そうだ」と思いついた顔になり、明るく笑った。

「ねえ桐島くん、あいつらにみせつけてやろうよ」

「どういうこと⁉」

「私たちがしてるとこ、みせつけるの」

早坂さん、完全に暗黒に堕ちている。ブラック早坂さんだ。

「私がいることはもうバレてるけど、桐島くんは大丈夫だよ。カーテンのなかにいれば」

「いや、早坂さんのほうがダメージでかいだろ」

「いいよ。わからせてやろうよ、私がそういう女の子だって」

いつもなら誰かがくると我に返るのに、今日はどんどん進んでいく。深くなっていく。

「勝手に期待して、勝手に幻滅すればいいよ」

男子生徒たちが会話しながら教室に入ってくる。

すぐに、彼らが絶句したのがわかった。

カーテンのなかで、早坂さんらしきシルエットが、誰か男と抱き合っているのだから当然だ。

しかも足元にはブレザーにスカート、ブラジャーまで落ちている。

早坂さんは薄く笑うと俺の首の後ろに手をまわしてくる。

「んっ……んっ……」

わざとらしく音を立てながら、キスをしはじめた。周囲の湿度があがっていく。

声を抑えないことで、早坂さん自身の興奮がどんどん高まっていくのがわかる。

「ねえ、舌、吸ってよ」

いわれたとおりにすると、早坂さんは蕩けた顔で悶えはじめた。

「あっ、んん、気持ちいいよお……、唾液ちょうだい……お願い、ちょうだい……」

早坂さんはつま先立ちになり、俺の足をはさんで内ももを押しつけてくる。

男子生徒たちが唾を飲む音がきこえた。

「ねえ、さわって……これ、さわって……」

俺の右手が白いシャツのなかに導かれる。俺はほんの少しの未知の恐さとともに、胸のふくらみにふれる。想像以上にやわらかくて、重さがない。それは俺の手の動きにあわせて自在に形を変える。そして肌はしっとりとして吸いつくように手になじむ。

「あっ、あっ……そこっ……それっ……いいっ」

早坂さんはもうキスしてられないみたいで、ただ悶えている。俺も興奮する。その感触にじゃない。俺が少しさわり方を変えるだけでどんどん頬を赤くする早坂さんの反応にだ。

俺が硬くなった突起にさわると、早坂さんはひときわ甲高い声をあげてしがみついてきた。

立っているのもやっとという感じで、頬は上気している。肌も汗ばんでくる。

「今の、好き。もっとぉ……もっとしてぇ……それ、きもちいい……もっとぉ……」

甘えた声をだしながら、早坂さんはなおも前に前に進んでいく。

カーテンのなかで、早坂さんが身につけているのは、はだけたシャツと、下半身の下着だけになっている。月明かりに照らされるやわらかそうな体。そして──。

「……こっちも……こっちもぉ……なんだか、変なのぉ……」

足と足のあいだを、俺の太ももに押しつけてくる。薄い下着越しに、その熱さを感じた。

そこで男子生徒たちが「や、やべぇ」といいながら、あわただしくでていく。

「男の子っていつも口ではやらしいことといっぱいいってるくせに、いざとなったら逃げだすんだね。でも桐島くんはちがうよね。桐島くんはちがうもんね。桐島くんは──」

「いや、さすがに俺もちょっとビビってるぞ」

俺がそういうと、早坂さんは急に真顔になる。

「……なんで？」

その一瞬の間が少し恐い。甘えた顔からうってかわって、表情が消失している。

でもすぐに、「あ」といって、なにか思い当たったように、とても明るい表情になる。

「嬉しい！　桐島くん、そんなにちゃんと私のこと考えてくれてるんだね！」

「え？」

「だよね。いきなりするもんじゃないよね！　だってまだ私たち高校生だもん。なにかあったら大変だもんね。桐島くんはちゃんとそういうことまで考えてくれる男の子なんだね」

早坂さんは感情的になって、俺に湿り気をおびた全身を強く押しつけながらいう。

「次は最後までできるように、ちゃんとそういうの準備しとくね」

◇

早坂さんに制服を着せて帰したあと、浜波と一緒に戸締まりをして下校する。

「先輩、ちょっとコンビニ寄りましょうよ」

なんていうから、浜波と一緒に買い食いをすることにした。

コンビニの駐車場で唐揚げを食べる。

「桐島先輩だらしないですねえ。膝、膝」

「膝？」

「なんか、染(し)みになってますよ」

「……ちょっと濡(ぬ)れてるな。さっきお茶でもこぼしたかな」

早坂(はやさか)さんに足と足のあいだを押しつけられていたことを思いだす。

もし世間のイメージでいったら、こういうのは、はしたなくて、よくないことなんだろう。清く正しく美しく。

でも俺たちの心はイメージじゃないから、こういう生々しいところがある。清純清楚(せいそ)な早坂(はやさか)さんも、こういうことをしたいという気持ちがある。

ありのままを素直にみれば、そんなふうに割り切れないものがたくさんあるのだ。

俺はとなりをみる。

浜波(はまなみ)だってそうだ。今風で、元気で真面目な後輩の、ツッコミ担当。

でも、それは俺が浜波(はまなみ)にたいして勝手に抱いたイメージで、そうあってほしいという願望でしかなくて、本当の浜波(はまなみ)はそんなに簡単に割り切れるものじゃない。

「なあ浜波(はまなみ)」

俺は最初から気づいていた。

「消してくれないか？」

「なにをですか？」

「俺と橘(たちばな)さんがキスしてる画像」

浜波は俺の顔をじっとみつめる。そして唐揚げを三つほど口に運び、もぐもぐと食べてからいう。

「あの画像、みんなにバラされると困るんですか？」

「とても困る」

「そうですか。あの画像、そんなに使えるんですね」

じゃあ、と浜波はいう。

「私のこと、好きっていってくださいよ」

第11話　蹴りたい背中

浜波は橘さんのことがあまり好きではないようだった。

「顔がいいからって、みんな甘やかしすぎです。普通の女の子があんな無愛想な態度でいたら生きていけませんよ！　干されます！」

昼休み、ミス研の部室でのことだ。

ソファーに座り、浜波と一緒に弁当を食べている。

脅迫により、俺が浜波のことを好きという設定になったから、こういうことをしている。

「橘さん、一年のあいだでも人気あるみたいだな。連絡先きかれてるとこみたぞ」

橘さんは細かいことを気にしないタイプだから、きかれるがままに教えていた。その男の子はガッツポーズをして喜んでいた。

「そいつ、私のクラスの吉見ってやつですよ。典型的なお調子者です。マンガきっかけでバスケ始めたアホです」

「けっこうカッコよかったけどな」

「あれ、心配してます？」

「どうだろうな」

俺がそういうと、浜波は大きくため息をつく。

「橘さんのなにがいいんですかね。放課後わざわざ教室までみにいったところで、お化けメイクじゃないですか。どうせ顔も全部隠れてるのに」

「ハロー効果だろうな」

「人気のあるものがさらに人気を集める心理効果ですね。他人が欲しがるものは自分も欲しくなる」

「知ってるのか」

「私、ちゃんとお勉強するタイプなんで」

ヒット商品はさらにヒットするし、恋愛においても、モテる人をみると「あの人は魅力的なんだろう」と誰しもが思い、さらに加速度的にモテていく。

「あんな単純な心理効果にやられるなんて、男ってバカですね」

浜波はいう。

「桐島先輩は橘先輩のどこが好きなんですか？」

そうだなあ、と俺は少し考えてからいう。

「……顔、かな」

「正直か！」

シンプルなつっ込み。

「浜波は橘さんのこと気に入らないみたいだけど、別にこんなことしたって橘さんダメージ受けないぞ」

俺が浜波のことを好きって設定で生活したところで、眉一つ動かさない気がする。

「そうですか？　あんなラブラブなキスしてるんですよ？　絶対へこみますよ。私、橘さんをぺしゃんこにへこましてやります！」

「誰が、誰をへこますって？」

「私が、あなたを、へこますんです！　って、きょえええぇっ！」

浜波が悲鳴をあげる。

いつのまにか橘さんが背後に立っていたからだ。ちなみに俺の座っている位置からは、部室に入ってくる橘さんの姿がみえていた。そして浜波、リアクションにもキレがあるな。

「橘さん、どうしたんだ？」

「音楽室に楽譜とりにきただけ。そしたらとなりから声がきこえたから」

橘さんはしげしげと浜波をみる。

「司郎くん、この子のこと好きなの？」

「俺が浜波に惚れてるって噂、もう広まってるんだな」

「まったく、司郎くんは気が多いな」

それだけいうと、橘さんは部室からでていこうとする。

「え、他になにかいうことないんですか？」

戸惑ったのは浜波だった。

「自分の好きな男子が、別の女子を好きっていってるんですよ？」

「うん、そうだね」

「桐島先輩のこと好きじゃないんですか？　こんな関係なのに？」

浜波がスマホを掲げる。俺と橘さんがキスをしている画像が表示されていた。

「もしかして、桐島先輩は遊びってわけですか？　じゃあ、なおさらこの画像バラまかれたら大変ですね。あなたのモテモテ帝国も今日で終わりです」

「へえ」

橘さんが画像をのぞき込む。そして浜波をみながらいった。

「司郎くん、この子、めちゃくちゃいい子だね」

「は？」

浜波が目を丸くする。

私、あなたたちを脅してるんですけど？　という顔。

「すごくきれいに撮れてるね。ねえ、その画像ちょうだい。待ち受けにするから」

橘さんは浜波からスマホをとりあげると、ひょいひょいと操作する。

「あなた名前は？」

「浜波恵ですけど……」

「浜波さん、もっと撮ってくれない？」

「撮る？」

「司郎くんとの画像、もっと欲しい。じゃあ、今からキスするから」

「あの……なにいってるんですか？」

「夏にさ、ある女の子にキスしてるところ、みせつけられたんだよね。私も誰かにみせつけながらキスしたいって思ってたんだ。浜波さん、もっと撮ってよ。みせつけたい」

淡々という橘さん。

浜波はこわばった表情で俺のほうを向いていう。

「ここ、異世界ですか？」

なじみのない倫理観に頭がクラッシュしたようだ。

「橘さんはそういう女の子なんだ」

「いや、桐島先輩、なんかいったほうがいいですよ。いろいろまちがってますって」

そうだな、と俺は同意する。

「橘さん、待ち受けは恥ずかしいからやめようか」

「そこじゃないんですよ！　些細なこと！　キスみせつけられたとか、撮られたいとか、わけわかんないワードいっぱいあったじゃないですか！」

ていうか、そんなにラブラブなら堂々としてればいいじゃないですか、と浜波はいう。

「桐島先輩が画像を消してくれっていうからそれで脅してるのに、全然効いてない！」

「いや、画像があるのは本当に困るんだ」

俺がいったところで、橘さんが言葉を引き継ぐ。

「私に婚約者がいるから」

浜波が目を見開く。

「……ちなみに誰ですか？」

「柳瞬」

浜波がまたブリキのようにギシギシと首を動かしながら俺をみる。

「あの、私がここにいるのって、柳さんって人に頼まれたからなんですけど」

「みなまでいうな」

「いえ、いいますって！」

俺が浜波に惚れているという偽情報が出回ってすぐ、柳先輩は行動を起こした。

「いきなりイケメンが教室に入ってきたと思ったら、私のところにきたんですよ」

浜波はイケメンが苦手だが、相手があまりにも優しいから話ができたらしい。

「その人、ずっと桐島先輩を褒めるんですよ。それで、いいやつだから一緒に昼飯食ってやってくれって頼まれて、ここにいるんです。その人、柳瞬っていうんですけどね。それはそれは、すごく桐島先輩のことを考えて、親身になってましたよ」

浜波は俺と橘さんの顔を交互にみていう。

「恐いんですけど！　このふたり！」

「司郎くん、浜波さんって賑やかで楽しいね」

「だろ」

「すっとぼけないで！」

浜波が肩で息をしながらいう。どうやらもう体力の限界のようだ。

橘さんは肩をすくめてみせる。

「そういうことだからさ、司郎くんが他の女の子となにをしてても、責める気はないんだ」

私の恋は終わる恋だから、と橘さんはいう。

「高校生のあいだだけの関係。卒業したら婚約者と結婚する。どこにも痕跡は残さない。大人になって、そういうこともあったなって思いだすだけ」

今だけ、気持ちさえ通じてたら形なんてどうでもいい、と橘さんはいう。

「私は幽霊みたいなものだから」

そんなふうに考えていたのか、と俺は思う。

「でも、わるくない」

橘さんは静かな口調でつづける。

「司郎くんのなかに残る私はずっと十代で、ずっときれいなまま。きれいな思い出を残してさようなら。それでいい」

でもありがとう、と橘さんは浜波に向かって満足げにスマホを掲げてみせる。

「写真撮るとか考えてなかったから、あると嬉しい。そのうち消すけど、それまでは何回もみかえすと思う」

じゃあね、といって橘さんは部室をでていった。

そのあとは、まるで森の奥にある湖のような静寂だけが残った。

俺たちは黙ってまた弁当を食べはじめる。さっきまであんなに賑やかだった浜波はひどく神妙な顔をしている。食べきって、箸を置いてもその表情は変わらない。

「橘さんって……ちょっと儚いですね」

しょんぼりという浜波。

「なんだか私、哀しくなりました」

つま先をみながら、いじいじしたあと、自分の胸を押さえる。

「橘先輩の気持ち想像したら、なんだか苦しくなってきました。すごく切ないです。あ、いや、私は全然橘さんの味方ではないですけどね。当初の気持ちは変わってません。ぺしゃんこにへこましてーー」

「いい忘れてたけど」

「ひっ」

浜波が驚きの声をあげる。

橘さんが気配なく戻ってきたからだ。完全に浜波で遊んでいる。

「これは忠告だけど、浜波さん、別に本気で司郎くんに好かれたいわけじゃないよね？　なんでそんな遊びをしてるか知らないけど、あんまりいい方法じゃないと思うよ」

私みたいな女の子ばかりじゃないからさ、と橘さんはいう。

「そういうの気にする女の子もいるからさ。恐い思いしても知らないよ」

それだけいうと、今度こそ部室をでていった。

「どういうことですか？」

「さあ？」

俺はすっとぼける。

しかし数分後、浜波はどういうことか知ることになった。

「その子？　桐島くんが好きになったっていう女の子」

部室に入ってきた早坂さんは、浜波に目をやっていう。

そして張り付いたような、それでいて天使のような笑みを浮かべながらいった。

「ねえ桐島くん……私って何番目？」

◇

桐島司郎は浜波恵のことが好き。

どういう意図でそんな設定で生活したいのかは不明だが、その設定に付き合うのはこちらとしても都合がよかった。

「てっきり桐島は早坂ちゃんのことが好きだと思ってたよ」

ねつ造された噂が流れてすぐ、柳先輩から電話がかかってきた。

「ほら、早坂ちゃんってすげえかわいいからさ」

「先輩、早坂さんのこと、かわいいって思ってたんですね」

「まあ、そりゃな……」

柳先輩は一瞬照れたような口調になっていう。

「そういうふうに思わないようにしてたけどな」

「俺に遠慮して、ですよね？」

「なんか、じゃまする感じになってもわるいだろ」

「気を使いすぎですよ。それに俺、早坂さんに恋愛感情もってないですし」

そんな嘘をついた。

「だから先輩は先輩で、ちゃんと早坂さんを評価してあげてください。かわいいって思ったなら、ストレートにかわいいって、いってあげたほうがいいですよ」

柳先輩は俺に遠慮して、無意識のうちに早坂さんを女の子としてみないようにしていた。後輩が惚れてる女の子、というラベルを貼って、遠ざけていた。

でも、それがちがうとわかってそのラベルは剝がれ、柳先輩の意識に、早坂さんが女の子として浮上した。それは先輩が早坂さんのことを『かわいい』といったことからもわかる。

「これはそんなふうに先輩の意識を変えるための芝居だったんだ」

俺は早坂さんに説明する。

「そっか。じゃあ桐島くんは本気で浜波さんのこと好きってわけじゃないんだね？」

「もちろんだ」

部室での話はつづいている。

橘さんと入れちがいに早坂さんが入ってきて、『私って何番目？』ときいたあとのことだ。

俺の説明をきき、早坂さんの仁王のようなプレッシャーはいくぶんやわらいでいる。

「じゃあ、浜波さんも桐島くんが本気じゃないってわかってるんだね？　ただのお芝居ってわかってやってるんだね？」

「はい！　もちろんです！　狂言です！」

浜波はこの状況に顔がこわばっている。

「そっか、そっか！」

早坂さんは優しい先輩の顔で、浜波の両手を握る。

「ありがとね、私たちに協力してくれて！」

「え、あ、はい」

「なんだか嬉しいなあ。私と桐島くんの関係ってね、今まで誰にも秘密だったんだ。でもずっと誰かにいいたかったんだ。私には桐島くんっていう最高の彼氏がいるんだよ、って。二番目同士でも、ちゃんとした彼氏彼女だもん」

そして、「どうしようかな。こういうことというと彼女ヅラしすぎかな？　ううん、私、彼女だもん」とひとりであれこれ迷ったのち、早坂さんは浜波に向かっていった。

「桐島くんのこと、これからもよろしくね！　頼りなくみえるかもしれないけど、いざというときには頼りになるから！」

いっちゃった〜！　といいながら、早坂さんは顔を赤くしながら部室をでていってしまった。

廊下から、「後輩の女の子に彼女ヅラしちゃったよ〜」という声もきこえてくる。

さて――。

早坂さんがいなくなったところで、浜波がジトッとした目で俺をみつめてくる。

「あの、なんですかこれ？　きいてないんですけど……婚約者のいる橘さんとキスしてるだけじゃないんですか？　なんで早坂さんが登場するんですか⁉　二番目とか不穏なワードでてましたけど！」

「それはな」

俺は橘さんや早坂さん、柳先輩との関係を説明する。

「狂気！」

話をきき終わり、浜波は目を見開いて叫んだ。

「恐いんですけど！　なにやってるんですか⁉　ていうか、なんでそんなこと私に話すんですか？」

「誰かにきいてほしかったんだ……」

「神父じゃないんですよ、懺悔じゃないんです！　私に話しても許されませんよ！」

「浜波はどうすればいい思う？」

「どうにもなりませんよ、だって早坂先輩、完全に桐島先輩が一番になっちゃってるじゃないですか！」

「やっぱそう思う？」

「柳先輩口説くとか完全に口だけって、まるわかりです！　早坂先輩のふるまい、もう一〇〇パーセントの彼女ですよ。裏で桐島先輩と橘先輩がキスしてるって知ったら、瞬間、地獄スタートですよ！」

　そこで浜波ははっと目を見開く。

「もしかして、このまま卒業まで隠しとおす気ですか？　橘先輩がああいう気持ちなのをいいことに、早坂先輩と彼氏彼女しながら、柳先輩の前ではいい後輩の顔をしながら、橘さんと期間限定の恋人をやりきる気ですか？　えっ、正気ですか？　頭壊れてます？」

「ダメか？」

「一触即発なんですよ！　そんな爆弾抱えて高校生活送るとか信じられないです！　私たちの学び舎を火薬庫にしないでください！　恋のバルカン半島！」

　恐い恐いと連呼する浜波。

「軽い気持ちでキスシーン撮って、先輩を脅したことは謝ります」

「別にかまわないけどな。浜波がわるいやつじゃないって、なんとなくわかってるし」

「みすかしてる空気だしますね。でも、もう私には付き合わなくていいですから。私にはついていけない世界です。ムリです。知っていれば関わりませんでしたし、もう関わりません」

「そんな寂しいこというなよ」

「そんなこといってもダメです。私、不健全なの苦手なんで。せいぜい早坂先輩に刺されないよう気をつけてくださいね。それでは」

　部室をでていく浜波。

俺たちの人間関係に巻き込まれたくないから、金輪際、関わりたくないという。

しかし──。

「なぜに‼」

浜波(はまなみ)が絶叫する。

数日後の昼休み、ふたたび部室でのことだ。

俺と浜波(はまなみ)だけでなく、橘(たちばな)さん、早坂(はやさか)さん、柳(やなぎ)先輩、と全員がそろっていた。

◇

「なんでこのメンツなんですか？」

「いろいろあったとしかいえないな」

事の発端は、文化祭の実行委員長のひとことだ。

『桐島(きりしま)と浜波(はまなみ)で相性診断のお題を十個考えておいてくれ』

ベストカップル選手権の内容を一部割り振られた。

それで浜波(はまなみ)と一緒に設問をつくったのだが、いきなり本番というわけにもいかないので、予行演習をすることになった。

そしてその日の昼休み、問題を試すためにミス研の部室に集まったのは──。

橘さん、早坂さん、柳先輩、そこに俺と浜波というメンツだった。

椅子をならべ、円形になって座っている。

「地獄なんですけど……」

「仕方ないだろ」

本当は牧や早坂さんの友だちである酒井なんかを呼んでいたのだが、彼らに急用ができ、勝手に代打が送られてきた結果こうなった。

「わかりましたよ。まあ、そうなったのならそれでもいいでしょう。でもこれはなんですか、これは？　人間じゃないのが交じってるんですけど！　カオス！」

浜波が指さす先には大きなクマの着ぐるみがいた。

早坂さんだ。

もごご、と着ぐるみのなかから声がする。

「なにいってるかわかんないんですけど！」

するとクマの着ぐるみは、首からさげたホワイトボードにペンでメッセージを書き込んだ。

『ごめんごめん、さっきまで衣装合わせしてたから』

「なぜに筆談⁉」

『この着ぐるみ、声だせないんだ。当日もこれで接客するんだよ～』

「今は脱いでくださいよ！」

いわれて早坂さんはクマのおおきなかぶり物をとった。汗で、前髪がひたいに張りついている。胴体は着ぐるみのままで、ちょっとかわいい。

「そして！　そっちはなんでホラー生物のまま参戦してるんですか！」

橘さんはお化けの格好で俺のとなりに座っていた。

「髪で顔がみえないんですよ！」

「これでいい？」

「できた顔もまた恐い！　化粧を落としてください！　私ホラー苦手なんで！」

早坂さんから化粧落としのペーパーを渡されて、橘さんが顔をふく。

「相性診断って、面白そうだよなあ」

柳先輩がそういったところで、浜波が胸を押さえて下を向く。

「さわやかな笑み！　なぜか私の胸が苦しい！」

といいつつも、フリップとマジックが用意され、準備が整う。

浜波が出題して、残り四人が回答するという寸法だ。

いざ始めようとしたところ、浜波が小声で耳打ちしてくる。

「ここまできてなんですけど、本当にやるんですか？」

「なにか問題あるか？」

「だって相性診断ですよ？」

このメンツですよ？　と浜波は集まった人たちの顔をみまわしながらいう。

「地雷しか埋まってないんですけど！」

「でも本番まで時間ないし。一度試しておいたほうがいいだろ」

引火したらどうするんですか、と浜波は及び腰だ。その心配はわかる。

「大丈夫だ。俺にまかせろ」

「ホントですか？　ううう……」

浜波は唸っていたが「もう、どうなっても知りませんからね！」と最後はやけっぱちのテンションでいった。

「それでは相性診断、始めます！」

◇

「相性診断のコーナー〜〜!!　ドンドンパフパフ〜〜！」

浜波がハイテンションに問題を読みあげる。

「犬か猫、どっちが好き？」

本番では回答が一致したカップルにポイントを加算していくつもりだが、今は問題を試すだけだから、誰が誰とペアとかは決めず、四人がバラバラに答えることにした。

俺たちは手元のフリップに回答を書き込み、いっせいにオープンする。

早坂さんと柳先輩が猫で、俺と橘さんが犬だった。

「つづいて第二問！　海か山、夏にいくならどっち？」

早坂さんと柳先輩が海と答え、俺と橘さんが山と答える。

「えっと、えっと、まあ……ゴホンッ！　じゃあ第三問！　きのこの山かたけのこの里！」

まさかとは思ったが、これも早坂さんと柳先輩、俺と橘さんできれいにわかれた。

柳先輩はちょっと苦笑し、早坂さんは作り笑いを浮かべている。

すかさず浜波が俺の腰に手刀を差し込み、小声できいてくる。

「なんか、まずくないですか？」

「まかせろ。こうなることは想定済みだ。いい方法がある」

お願いしますよ、と浜波が次の問題を読む。

「ジャンプかマガジン、どっちが好き？」

先輩がマガジンで、早坂さんがジャンプと回答する。この時点でさっきまでの構図が崩れているので、今回は安心だ。しかし俺はさらなる安全策をとっていた。

「桐島先輩は？」

俺はフリップを表にする。書いたのは――。

スピリッツ。

「二択問題！　集英社か講談社かなのに、まさかの小学館！　しかもサンデーじゃない！」

浜波(はまなみ)はつっ込みを入れながらも、先輩グッジョブという顔をしている。

この相性診断において気まずくなるのは、俺と橘(たちばな)さんの回答が常に一致する場合だ。

しかし俺が二択にない回答をすれば一致することはない。

そう思ったのだが――。

「橘(たちばな)先輩の答えは？」

「私もこれ」

橘(たちばな)さんが書いたのは――。

スピリッツ。

「どういうことですか!?　ここ一致するって、どうなってるんですか!?」

「ジャンプかマガジンかときかれたら、私はスピリッツだから」

「二択とは！」

これにはさすがの柳(やなぎ)先輩も気まずそうだ。自分は婚約者とことごとく外し、後輩がその婚約者の女の子と全部一致させてくるのだから当然だ。

それでも先輩は器が大きいから、優しく笑っていう。

「ひかりちゃんと桐島(きりしま)、趣味が似てるんだな」

「ミス研で一緒にいるからかな？　よくそういう話をするんです」

俺は苦しい言い訳をする。

橘さんも少し間を置いてからいう。

「でも共通するの——趣味だけだから。ホントに」

婚約者に気を使わせたのがわかったのだろう、柳先輩は申し訳なさそうな顔になる。

「いや、いいって、いいって。桐島とひかりちゃんの仲がいいと俺も嬉しいからさ」

でもさ、と先輩はいう。

「これ、カップル選手権のお題なんだろ？　もっと恋愛に直結したお題のほうがいいんじゃないか？　観客もいるから、みてるほうもそっちのほうが楽しいと思うんだよな」

ちゃんと考えてくれているから、柳先輩はやっぱりいい人だ。

「一応、恋愛関連のお題もありますけど」

「それ、やろうよ」

そういったのは早坂さんだ。いつもの張りついた笑みを浮かべている。

「いいんですか？」

浜波は「むしろあなたに気を使ってるんですけど！」と、いいたげな顔をしている。

しかし。

「趣味の相性なんてチェックしても仕方ないよ。恋愛の相性、やろ。今までの、ノーカンね」

「わ、わかりました……」

早坂さんのプレッシャーに負け、浜波はまた問題を読みあげる。

「公園でイルミネーション、お家でごろごろ、クリスマスに恋人と過ごすならどっち？」

結果は——。

早坂さんと柳先輩がイルミネーションで、橘さんと俺がお家でごろごろだった。

なぜだろうか。俺と橘さんは完全に一致してしまう。もともとその傾向はあった。深夜ラジオとかミステリーとか共通の趣味が多い。しかしここまでとは——。

完全に空気が変わる。

早坂さんの眉毛は小刻みに震えているし、柳先輩も婚約者とずれまくって、さすがに決まりがわるそうだ。

「桐島先輩……このへんでやめたほうが……」

浜波がじっとりとした目で俺をみてくる。

「だよな。そろそろ……」

しかし。

「なに話してるの？　浜波さん、次やろうよ」

虚ろな瞳の早坂さんにいわれて、浜波は「は、はい！」とあわてて返事をする
しかしそこからも流れは変わらなかった。

デートで恋愛映画を観たいのが早坂さんと柳先輩で、ハリウッド大作が俺と橘さん。

旅行で海外にいきたいのが早坂さんと柳先輩で、温泉宿にいきたいのが俺と橘さん。寂しいとき、会いたくて会いたくて震えてしまうのが早坂さんと柳先輩で、特に会う必要なんてないのが俺と橘さん、という回答になった。

早坂さんは「なんで……ひどいよ」とつぶやくし、柳先輩もどんどん元気を失くしていく。

「あの、もしかして桐島先輩」

浜波がしびれをきらしていう。

「わざと煽ってます？」

「俺そんなに性格わるくないから！」

浜波はついに二択をやめる。

「美術館にデートにいきました。設問だけ。恋人とみたい絵は？　選択肢はありませんよ〜自由にバラバラにみんな仲良く答えてくださいね〜」

こんな浜波のやけっぱちの質問にも俺と橘さんの回答は一致してしまう。モナリザ。

「桐島先輩、やってますよね？　絶対やってますよね？」

「やってない。仕組んでないし、組んでない」

早坂さんは震えながらもう泣きそうになっている。本来であれば一番である柳先輩とこれだけ一致しているのだから喜んでいいはずだが、彼女は今そういうメンタルじゃない。

みかねて、俺はいう。

「一致しなくて、別にいいと思う」

「え？」

「一致しないもの同士で恋人になったほうが、パズルのピースみたいにきれいにはまるかもしれない。お互いの足りない部分を補完し合えると思う。でも完全に一致したもの同士だと、どこにもいけない」

「桐島くん……」

これはおそらく永遠に解けない命題の一つだ。価値観が一致しているもの同士で付き合うのがいいのか、ちがうもの同士で付き合ったほうがいいのか。

俺は今、その片方の側面だけをいったのだ。

早坂さんの表情が少し明るくなる。

柳先輩も「だよな」と元気をとりもどす。

橘さんは片眉をつりあげて俺をみる。

「じゃあ、これが最後ですよ。今回も自由に答えてくださいね」

浜波がこの場を締めにかかる。

「恋人と一緒に食べたいお菓子は？」

結果は――。

キットカットとか白い恋人とか、四人がバラバラになった。

人間関係がこじれたあと、それぞれが別の道に進むことになってエンディングを迎える青春映画みたいな、きれいな終わり方だ。

タイミングよく予鈴も鳴って、撤収を始める。めでたしめでたし、って感じだ。

順に部室からでていって、最後に俺と橘さんだけになったとき、それは起きた。

「最後の問題、私が書いたあとで書きなおしたよね？」

橘さんは、俺が手にもつフリップをみながらいう。

「最初なんて書いたかみせて」

「書きなおしてないから、そんなものはない」

「じゃあそのフリップみせて」

「ダメ」

「無理やりみるからいいよ」

橘さんがフリップを奪い取ろうとするので、俺は抵抗する。

本当は最初、ポッキーと書いた。でも橘さんがポッキーと回答したのをみて、ぎりぎりでビスコに変えた。早坂さんと柳先輩の気持ちを考えて、完全一致は避けた。

でも橘さんはそのことに気づいていて、ちょっと怒ってる。

「いいからみせてよ司郎くん」

「ダメったらダメ」

「それに、さっきいってたの、なに？　一致したもの同士だと、どこにもいけないとか」

「あれは……」

「趣味でもなんでも一致するほうが、相性いいに決まってる」

俺たちは互いの手首をつかみ合って、ぎゅうぎゅうとせめぎ合う。

しかし途中で部屋の空気が凍りついていることに気づく。俺たちがでてこないから、様子をみに戻ってきたのだろう。入り口のところに早坂さんと柳先輩、浜波もいた。

「ひかりちゃん？」

柳先輩が驚きの表情で、俺たちをみながらいう。視線は俺の手首をつかむ橘さんの手にそそがれている。

「男にさわれなかったんじゃないのか……」

となりに立つ早坂さんは表情を失ったまま、ぽつりという。

「司郎くん………ってなに？」

◇

橘さんが男にさわれないのは有名な話だ。

なのに、俺と橘さんがつかみ合っているところを柳先輩と早坂さんにみられてしまった。

部室の空気が凍り付くのも当然だ。

浜波は修羅場の気配を察して頭を抱えている
「部長のこと男と思ってない。だからさわれる」

橘さんは真顔のまま、しれっとそんなことをいう。

しばしの沈黙。

「そっか、そういうことか」

口を開いたのは柳先輩だった。にっこりと表情を崩している。

「桐島とひかりちゃんが仲良くて、俺、嬉しいよ。前はひかりちゃん、学校で親しい人いないっていってたし。桐島、これからもよろしく頼むぜ」

「あ、はい……」

「じゃあ俺、次の時間体育だから」

そういって足早に部室をでていってしまった。

柳先輩が困惑しているのは明らかだった。それでも無理して笑って、ああいうことをいってくれる。それが柳先輩なのだ。ごめんなさい、と思う。

ちょっとした胸の痛みを残して、この場は終わったと思った。しかし——。

「桐島くんと浜波さん、でていってくれない？」

早坂さんがいう。

「私、橘さんとふたりで話したいことあるから」

「でも……」

「ちょっとしたガールズトーク」

大丈夫なのだろうか？

しかし早坂さんの有無をいわせぬプレッシャーに、俺と浜波はいわれるままに部室をでる。

扉を閉めたところで、浜波が急に姿勢を低くした。

「どうした？」

「シーッ！　私のなかのなにかがきけと命じるんです！」

ということで、俺と浜波は部室の前で聞き耳を立てることとなった。

扉一枚向こう側から、早坂さんと橘さんの話し声がきこえてくる。

「ゴメンね橘さん、残ってもらっちゃって」

「いいよ、次の授業でたくなかったし」

口調は穏やかだけど、どこかピリッとした雰囲気が伝わってくる。

「変なこときくんだけど、あの……」

「私が司郎くんにさわったこと？」

少し間があって、早坂さんがうん、という。

「橘さん、男の人にさわれなかったよね……」

「そうだね」

「婚約者がいるのに、婚約者にはさわれないのに、桐島くんにはさわるんだね……。柳くん、さっきすごくかわいそうだった。橘さん、よくないと思う……」

また沈黙があって。

「さっきいったとおり」

橘さんがいう。

「男と思ってないからさわれる。司郎くんからそういうの感じないから」

「その『司郎くん』って呼び方さあ……」

「気にさわった？　でも、早坂さんと司郎くんは『練習』でしょ？」

割れたガラスみたいな空気。

多分これ、夏合宿の延長戦が始まってる。その軸線上のいい合いが発生している。

早坂さんも完全にカチンときていて、だからいってしまう。

「私、桐島くんとしたよ」

「なにを？」

「多分、橘さんがまだ知らないこと。桐島くんは他の女の子にしたことのないことを私にしたし、私は絶対に他の男の子にはさせないことを桐島くんにさせてあげた」

浜波がぎょっとした顔で俺をみるものだから、俺たちはアイコンタクトで会話する。

『ヤったんですか⁉ いや、ヤりましたよね、この感じ完全にヤってますよね！』

『ヤってない！ その何段階も手前だから！』

体をさわったりしただけだ。とても不健全な状況ではあったけど。

「ふうん。よくわからないけど、早坂さん他に好きな人いたんじゃないの？」

「でも、桐島くんとした。これから、もっとする。いいよね？」

「私にきく必要ないと思う」

「だよね。橘さんは婚約者いるし、桐島くんのこと男と思ってないもんね。私と桐島くんがなにをしてもいいよね」

「いいよ」

「よかった。私、橘さんが桐島くんのこと好きなんじゃないかって思ってたんだ」

「誤解だよ」

「そっか。だったら私たち、友だちのままでいられるね」

「だね」

「なんか夏にいろいろあって変な感じになっちゃったけど、私、橘さんと友だちになれてすごく嬉しいんだ」

好きな人が同じだったら難しかったけど、ちがうから大丈夫だよね、と早坂さんはいう。

「そうだね」

「じゃあ、今度一緒にお泊まりしようよ。一晩中、恋話とかしたいんだ」

「楽しそうだね」

「よかった」

じゃあそろそろ戻るね、と早坂さんが部室をでようとする。

俺と浜波は急いでとなりの旧音楽室に入って、扉を背にしてしゃがみ込んだ。

早坂さんは、廊下にでた瞬間から洟をすすりはじめていた。

「私、最低だ……」

そういいながら、足音は去っていった。

「なんか今、火花散りましたよね」

浜波がいう。

「橘先輩が途中で引いて我慢したんで、爆発しませんでしたけど」

浜波はおもむろにスマホをとりだし、俺と橘さんのキスシーンの画像を表示する。

「これ、消しますね。誰かの目にふれたら大変なことになるんで」

「いいのか？」

「いいです。なんか、これみてると橘先輩の気持ち考えて哀しい気持ちになるんで。橘先輩、この期間限定の恋を守るために、いいかえさなかったんですよね」

「俺を脅して、やってほしいことがあったんじゃないのか？」

浜波はため息をつく。

「全部お見通しなんですね」

まあな、と俺はいう。

「好きなんだろ、あの吉見くんって男の子のこと」

橘さんの追っかけをしている、あのバスケ部のイケメン一年生。

少し遅れて、浜波はうなずく。

「橘先輩に彼氏がいれば、吉見もあきらめると思ったんです」

「遊園地で俺たちを偶然みかけたんだな」

「はい。橘先輩がいつもよりきれいで、あ、デートだなって思ったんです。それでついていって、撮っちゃいました……」

でもバラまいたりはできなかった。浜波は正しい女の子だから。

「俺が浜波に惚れてるって設定はハロー効果を狙ったんだろ」

「橘先輩みたいに自分をモテてる女の子に演出すれば、ふりむいてもらえるかな、って思ったんです。私、派手じゃないし、浮いた話もないし」

「俺なんかじゃアクセサリーにならなかったろ」

「はい。失敗でした」

「そんなにハッキリいわなくても」

「もういいんです。やっぱ私にこういうやり方は向いてなかったみたいです。吉見のこと好きって気持ちが暴走して、どんな手を使ってでも、って思っちゃったんです」

浜波と吉見くんは幼馴染みで、お調子者の吉見くんをずっと浜波が世話をしてきたという関係らしい。でも吉見くんは一つ上の橘さんに夢中だ。下の世代からみたら、橘さんみたいな物静かな美人はミステリアスな感じがしてすごく魅力的にみえるだろう。

「ちょっとくらい手伝えると思うけど」

俺がいうと、浜波は体育座りをしながらうつむいて、顔を隠しながらいう。

「じゃあ一つだけ。橘先輩が脱出ゲームの景品になるのやめさせてください」

「一番早く脱出した人とベストカップル選手権に出場するやつだな」

「はい。吉見のやつ、やる気なんです。もしそれで橘先輩と出場して優勝したら……結婚のジンクスもあるし……」

「わかった、橘さんにはそういっておく」

すいません、と謝り、浜波はしばらくそのままうつむいていた。

俺は浜波が元気を取り戻すのを、となりでずっと待った。

やがて浜波が顔をあげる。

「でも桐島先輩、橘先輩を便利に使いすぎじゃないですか？」

「そう思うか？」

「さっきも早坂さんにマウントとられちゃってたじゃないですか。でもこの関係を成立させるためにいいかえせなくて、ストレス溜めてると思いますよ」

「そうかもしれないな……」

そのときだった。

部室の扉が開いて、橘さんがでてくる気配がした。

俺と浜波は息をひそめて橘さんが立ち去るのを待つ。

しかし橘さんの足音は旧音楽室の扉の前で止まる。

なかなか立ち去らないな、と思ったそのとき——。

背中に衝撃が走った。

俺がもたれていた音楽室の扉を、橘さんが蹴り上げたのだ。

第12話　応用編

チャイムが鳴って玄関にいく。

扉を開けたら、つんとした顔の橘さんが立っていた。

「制服じゃないんだな」

「家、一回帰ったから」

上品なブラウスに薄紅色のカーディガン、クリーム色のスカート。

俺の家の玄関に、橘さんがいる。不思議な感覚だった。平民の家にお姫様が遊びにきたような感じ。日常と非日常が混じりあっている。

「司郎くんはここで育ったんだね」

家にあがりスリッパを履いたところで、橘さんは照れたように斜め下をみながらいった。

「これ、ご家族でどうぞ」

なんだかハイセンスで高そうな包装の菓子折りを渡される。

「母さんも妹もでかけてるんだ。あとで渡しておくよ」

橘さんは俺の住む家に興味しんしんといった様子だった。古い一戸建て。それほど片づいているわけじゃないから、急いで階段をあがってもらい、橘さんを自分の部屋に案内する。

「迷わなかった？」

「私、地図みれる」

「橘さんの住んでる区とちがって、あんまり区画整理されてないからさ」

「こういう下町も好きだよ」

　相性診断テストから数日たった放課後のことだ。

　あれ以来、俺と橘さんは学校ではあまり関わらないようにしている。ふれあったり、司郎くんと呼ばれているところを誰かにみられたりしたら大変だ。

　そんな状況で、今朝、橘さんからメッセージがきた。

『再テストがあるから勉強教えて』

　時期からして小テストだろう。どこで勉強するかのやりとりをしているうちに、橘さんが俺の家にくるといいだして、こうなった。

　多分、家にきたかったのだろう。その証拠に――。

「橘さん、勉強する気ないな」

　台所でお茶を淹れて部屋に戻ってきてみれば、橘さんは俺のベッドに寝ころんでいた。

「ここで毎日寝てるんだね」

　橘さんはそういいながら布団にくるまる。

「司郎くんのにおいがする」

「ファブリーズの香りしかしないだろ」

「つまらないことするね」

橘さんはそんなことをいいながら、枕を抱いて顔を押しつけ息を吸い込む。

やりたい放題だ。

俺は浜波の言葉を思いだす。

『橘先輩、けっこう我慢してると思いますよ』

相性診断のあと、早坂さんにマウントをとられていた。だから、俺の家にきて思い切りわがままがいいたいのかもしれない。でも――。

無防備に俺のベッドに寝そべる橘さん。

恋愛キッズとはいえ、その意味に多少は自覚的になるべきだ。

これはほぼお家デートで、誰もじゃまするものはいなくて、そんなところにそんなふうにいられたら、俺だってそういう気持ちがないわけじゃない。

もっとさわりたいって思う。そのときだった。

「なんの音？」

橘さんがいう。廊下からドアをひっかく音がするのだ。

俺がドアを開くと、子犬が飛びだしてくる。柴犬だ。

「え？　かわいい！」

橘さんがベッドから身を起こす。

柴犬が走って部屋に入ってくる。そのまま橘さんに飛びつこうとするから俺は両手で抱えあげる。見慣れないお客さんがいてテンションがあがっているみたいだ。わんわんと嬉しそうに吠えながら尻尾をふっている。

「こら、ひかり、大人しくしなさい」

俺がいうと、橘さんが怪訝な顔をする。

「ひかり？」

「この犬の名前なんだけど……」

そう、橘さんの下の名前と同じだ。

「私は別にいいけど……」

橘さんは困惑したように髪をいじる。

「そんなことしなくても私、司郎くんがしてほしいことなら、なんでもしようと思うけど……」

「誤解してる気がするんだよなあ」

橘さんが思いどおりにならない代償行為に、犬に同じ名前をつけておしりを叩いたりして倒錯的な快楽にふけっているわけではない。あと橘さん、さらっとすごいこといったな。

「名前をつけたのは妹で、性別もオスだ。妹のやつ、ずっと犬を飼いたかったみたいでさ」

「そうなんだ」

橘さんは、それはそれでつまらない、という顔をする。

「そういうことだから、面倒をみているのも妹だ」

「司郎くんはひかりをかまってくれないんだね」

「いいかたなんだよなあ」

橘さんも犬が好きみたいで、そこからはひかりとじゃれあって遊んだ。

「ひかり、涎垂れすぎ」

俺がいうと、橘さんが「え？　うそ？」と口元を手でさわる。

「こら、ひかり、そこらじゅう舐めまわすんじゃない」

「ごめんなさい……」

「ひかり、お手」

「はい」

「……わざとやってるだろ」

橘さんは終始すっとぼけていたけど、ひかりと戯れて楽しそうだった。彼女の住んでいるマンションではペットを飼うことができないらしい。

ひかりはひとしきり遊んで満足すると、尻尾をふりながら部屋をでていった。

気分屋なところが少し橘さんと似ている。

それから俺と橘さんはならんでベッドに腰かける。

「さて、と」

橘さんは落ち着いた口調でいう。

「司郎くん、私になにかいいたいことがあったんじゃないの？」

本題に入ったという感じだ。

「橘さんに隠し事はできないな」

「学校でずっとなにかいいたそうだったから」

「浜波に頼まれたんだ」

俺は前置きしてからいう。

「文化祭でさ、橘さんのクラス、お化け屋敷の脱出ゲームやるだろ？」

「やるね」

「一位の賞品、橘さんとベストカップル選手権に出場できる権利なんだろ」

「私っていうか、私が扮するお化けだけど。ネタだよ」

「そうなんだけど、それ、ことわってくれないかな」

「なんでそれを浜波さんが頼んでくるの？」

俺は浜波の事情を説明した。

浜波に吉見くんという幼馴染みがいること。浜波が吉見くんを好きであること。その吉見くんは橘さんに夢中であること。そして吉見くんが脱出ゲームで一位になり橘さんとベストカップル選手権に出場しようとしていること。

「吉見くん、全然知らないけど」

「バスケ部のちょっとかっこいい男の子。橘さん、連絡先教えてたよ」

「覚えてないな」

そこから橘さんはしばし考えるような顔をしてからいう。

「とりあえず、却下かな」

「さっき俺のいうことはなんでもきくっていってたのは気のせいか？」

「頼み方がわるい」

それなら、と俺は少し考えてからいう。

「橘さんに俺以外の男子とベストカップル選手権に出場してほしくない」

「最初からそういってくれたらそうしたけど、もうダメ」

「いじわるだな」

どうしたらいい？　と俺はきく。

「応用編やりたい」

「応用編？」

「ノートにあるやつ。基礎編やったでしょ？」

ミス研に伝わる恋愛ノート、そこに記された男女が仲良くなるためのゲーム。

以前、手を使わないゲームの基礎編をやった。あれのおかげで、俺は橘さんが食べさせてくれないとポッキーの味を感じない体になってしまった。

あのゲームには応用編が存在する。

「あれやってくれたら考えるよ」

「どうしようかな。あの手のゲームをやると、いかがわしい方向に走りがちだし」

俺は普通にキスするだけじゃダメか？　という視線を送る。

もう俺たちはゲームを言い訳にする必要なんてない。互いの気持ちを知っている。

でも橘さんの冷たい視線でそれは弾き返された。

「この前さ、ある女の子にめちゃくちゃ煽られたんだよね。なんのことかわからないけど、司郎くんと特別なことをしたってさ。私も普通じゃやだな」

かなり怒ってるな。多分、その我慢をさせている俺にたいして。

ドア越しに蹴られたことを思いだす。

「司郎くん、どうする？」

「いや、この手のゲームはさすがに……」

「わかった、もういいよ」

橘さんが立ちあがる。

「早坂さんとはなんでもするのに、私はダメなんだね。ホントに哀しい……帰る」

帰り支度をして、そのまま扉を開けて部屋をでていこうとする。

いつもならこれは橘さんのフリなわけだが、今回は帰るといった声が震えていて、本当に泣きだしそうな顔だ。

俺は胸が痛くなるし、こうなったら仕方ない。

「ちょ、待てよ！」

俺は両手を後ろで組んだまま、足で橘さんが開けた扉を閉じる。

「……やってくれるの？」

「ああ。だからそんな顔するなよ」

「うん」

橘さんは目元を指でぬぐってから、いつものようにクールに笑う。

「その代わり、景品になるのは辞退してもらうからな」

「わかってるって」

橘さんはいつもどおりになっているけど、彼女にしては浮き沈みが激しい。やっぱり浜波のいうとおり、いろいろと我慢してナーバスになっているのかもしれない。

だから俺は今回、この不健全なゲームを橘さんの望むとおりアクセル全開でやろうと思う。

「じゃあ、やろうか」

「うん、やってみよう」

手を使ってはいけないゲーム応用編。

そういう流れになった。

◇

手を使ってはいけないゲームは恋愛ノートに収録されているアホなゲームの一つだ。ルールは簡単、手を使わずに制限時間いっぱいまで男女で過ごすだけ。

手を使わずにあれこれやることになるのだが、そうなると器用に動く部位は限られているから自然と口を使うことになる。

基礎編では紙コップを口でくわえて相手に水を飲ませたり、二人でポッキーをくわえて食べたりした。

応用編もルールは同じだが、一つだけシチュエーションが足されている。

室温を可能な限り高くすること。そのためエアコンの設定温度を最高にして暖房をつけ、さらにヒーターまで用意した。すぐに部屋のなかが真夏よりも熱くなる。

「私たちさ、こういうことすると、いつも最後は恥ずかしくなってやめちゃうよね」

「まあな」

「今回はそれで勝負しようよ。先にやめたほうが負け」

つまりはチキンレース。勝つためにはアクセルを踏みつづけて、相手にブレーキを踏ませるしかない。

「俺が勝ったら、景品になるのは辞退するんだな？」

「そういうこと」

いいだろうといって、俺は橘さんと横ならびになってベッドに腰かける。

加湿器まで置かれ、部屋のなかはもはやサウナ状態だ。汗が止まらない。こめかみを汗が流れていくし、制服のシャツも肌に張りつきはじめる。

「司郎くん、暑くない？」

「これだけやってればな」

「私、カーディガン脱ぎたい」

そう、これが応用編。暑さゆえに服を脱ぐことが前提。

「わかった」

手を使えないので、俺は橘さんのカーディガンの襟を口で噛む。

橘さん、今日も香水をつけている。珍しく、ちょっと甘い香りだ。口でくわえて感じるカーディガンの生地はやわらかく、本当にお姫様のような女の子だ。

「どうしたの？」

「いや、なんでもない」

俺は布越しに橘さんの華奢な体の感触を感じながら、口でカーディガンを脱がせた。

橘さんは白いブラウスにロングスカートという格好になる。橘さんも汗をかいていて、ブラウスが肌に張りついている。黒いキャミソールが透けて、煽情的だ。

「司郎くんも暑いでしょ」

「そうだな。俺も脱ぎたいかな」

制服のブレザーを脱がせてもらおうと思った。しかし。

彼女が口を押しあててきたのは俺ののど元だった。驚いて俺は背中からベッドに倒れ込む。

橘さんは追いかけてきて、俺の上にまたがる。

「ちょ、橘さん？」

「ネクタイとってあげる。暑いでしょ」

そういって、口を使って結び目をほどきはじめる。橘さんの吐息がのど元にあたる。さらさらの髪が垂れて胸元をくすぐる。俺は身をよじる。でも橘さんにしっかり押さえつけられて逃げられない。

「ほれは」

とれた、とネクタイをくわえながら橘さんは嬉しそうにいう。俺ののど元には彼女のくちびるの感触が残っているし、少し涎もついている。

手を使ってはいけないゲームは、両想いのふたりにはちょっと不自由だ。今すぐ抱きしめたいのに、できない。でもそれがまたふたりの気持ちを盛りあげる。

「今度は俺の番だな」

反動をつけて、俺は自分の体を起こす。そうなると、今度は橘さんが倒れて下になる。

太ももで俺を押さえていたから、橘さんの足と足のあいだに俺が入る格好だ。

とてもいかがわしい体勢。でも――。

橘さんは困った顔をしながらも、俺の腰の後ろで、足を交差させた。ロングスカートは完全にめくれあがって、白い足が太ももから全部露出している。

俺たちはふたりとも完全にスイッチが入ってバカになっている。

「橘さん、汗かいてるだろ。拭いてあげよう」

橘さんに覆いかぶさり、顔を近づける。

「え、司郎くん？」

橘さんのこめかみに、汗がひとすじ流れている。

「ハンドタオルは机の上――ちょっと、うそ、まさか……やだ……」

俺はそれを――舌で優しく舐めとった。瞬間、橘さんは目を見開き、顔を真っ赤にする。

「し、正気⁉　汗だよ⁉」

「それが？」

「それがって……」

「やめるか？」

俺がきくと、橘さんは目をグルグルさせながらも、しどろもどろになっていう。

「や、やめない。司郎くんの好きに……していいよ」

「いいのか？　恥ずかしそうだけど」

「平気だよ。私、その……ちゃんとシャワー浴びてからきたから……恥ずかしくないよ」

こうやって攻め込まれたら、橘さんは弱い。もう、なすがままで、どんどん幼くなる。

俺は橘さんの汗を順に舐めとっていく。

ひたい、こめかみ、頬、そして首すじ。橘さんの肌は白くとてもやわらかい。

橘さんは首すじが特に弱いみたいで、舐めるたびに体を震わせる。無表情を装っていても、どんどん息が荒くなる。俺をホールドした足に力が入り、橘さんの腰が浮く。

俺は橘さんが押しつけてくる腰を、自分の腰で押しかえす。体をこすり合わせるみたいで、まるでそのときの予行演習みたいだ。どんどん気持ちが高まってくる。

「あっ……司郎くん、ちょっと……、あっ……あっ」

互いに腰を押しつけあいながら、俺は橘さんの汗を舐めつづける。

「ダメか？」

「ダメじゃないけど、あっ……ダメ……だよぉ……なに、これ……こし、とまらない」

ひととおり舐めきったあと、橘さんは息も絶え絶えになっていた。

いつもならここで終わるところだけど、俺はアクセル全開でいくって決めてるし、なにより今回はチキンレースの勝負だから、橘さんもふらふらになりながらも立ち向かってくる。

「よくもやってくれたね」

攻守逆転、今度はまた俺が下になる。

「司郎くん、シャツのボタンも外したほうがいいんじゃない？」

そういって、口で俺のボタンを外す。そのとき、橘さんはわざとらしく俺の肌を舐める。

「橘さん、俺はシャワー浴びてないんだけど」

「別にいいよ。私、司郎くんのこと好きだし」

橘さんは俺がやったのと同じように、首や胸元を舐めはじめる。小さな口と、小さな舌。首を舐められると、ぞくぞくとした快感が背中に走る。橘さんの湿りはじめた吐息が肌にあたるのは、いつでも気持ちいい。当然、俺にも汗を舐められる恥ずかしさはあるが——。

「なんか、平気そうだね」

「もともと俺がやりだしたことだからな。覚悟はできてる」

橘さんはかなり不服そうな顔をする。

「私も司郎くんを困らせたい」

そういうと俺の首すじにくちびるを押しあて、強く吸いはじめる。湿ったくちびると、吐息が首すじにあたる。橘さんは息苦しそうだが、なかなか離そうとしない。

「おい、それ……」

どれくらいたっただろうか、橘さんは顔を離すと、息切れしながらも満足そうな顔をした。

「できた」

「どんな感じになった？」

「司郎くんは私のもの、って感じ」

キスマークだ。俺の首すじには橘さんの好意の証ができているのだろう。

「これ、困るんじゃない？」

「でもまあ、絆創膏はれば隠せるからな」

「隠さないでっていったら？」

「それは……」

「……別にいいけどさ」

少しだけ漏れた本音に、俺は橘さんのことが愛おしくなる。

橘さんは少し寂しそうな顔だ。長い髪がしっとりと濡れている。

「橘さん、汗だくじゃないか。このままだと脱水症状になるぞ」

「司郎くんもだよ」

俺はベッド脇のテーブルに目をやる。

ストローのささったペットボトル。水分補給用に準備したものだ。

俺たちはうなずき合う。頭がバカになったふたりに言葉はいらない。

「司郎くん、ちょっと待ってね」

橘さんはそこから水を口に含むと、ベッドで仰向けになる俺に体を重ね、薄いくちびるを押しあててきた。橘さんの体温で少し温もった水が流し込まれてくる。

口を離したとき、涎が糸を引いた。俺たちは両想いだから、なんでも交換する。

「橘さんも飲んだほうがいいな」

「司郎くんが飲ませてよ。司郎くんの、私に入れてよ。司郎くんの、飲みたい」

俺たちは口移しで互いに水を飲ませあう。体を重ねるからふたりの汗が混じりあう。もうびしょびしょで、意識はどんどん官能的になっていく。意識が溶けて、口から水がこぼれ落ちて仰向けになった橘さんの胸を濡らす。俺はその水を舐めとっていく。ブラウスはほぼ透明になっていて、完全に下着が透けている。

「しかしこのままだとこのゲーム、決着つかないな」

橘さんは俺になにをされても嬉しいといった。その言葉に嘘はないようで、俺たちはただふたりで気持ちよくなるばかりだ。

「じゃあさ」

橘さんは恥ずかしそうに横を向きながらいう。

「もっとすごいことしてよ。私が恥ずかしくて、思わず降参しちゃいそうなやつ」

「いいのか」

「うん」

俺はまた橘さんを押し倒す。

「橘さん、ブラウスの前、少し開けようか」

「……いいよ、司郎くんがそうしたいなら、私、平気だよ」

橘さんは横を向いて枕に顔を埋めながらいう。

口を使って、ブラウスのボタンを外していく。キャミソールを着ていることを知っているから、遠慮せずにすべてのボタンを外して脱がせた。橘さんはなにもいわない。

スカートはいつのまにか脱げてしまっている。

下着とキャミソールと、靴下だけの橘さん。大きく露出した白く濡れた肌がなまめかしい。

衝動的に鎖骨にそって舐める。肩がすごくきれいだ。

橘さんは本当になにをされても「やめて」といわない。横顔はどこか期待しているようにもみえる。でもこれはゲームで、俺には橘さんを恥ずかしがらせるアイディアがある。

「右手、上にあげて」

「え？」

橘さんは勘がいいからすぐに気づく。

「……うそ、だよね？」

「やめるか？」

橘さんは俺をみつめたのち、「いじわる」といって右手をあげる。そう、この顔だ。攻め込まれて弱くなるくせに少し嬉しそうな橘さんのその顔がみたい。もっと、辱めたい。

「これで……いい？」

右手をあげる橘さん。

「本当にやるの？」

こたえる代わりに、俺は橘さんの白くつるっとした脇を舐めあげた。

「司郎くん……ほんとにバカ」

「橘さんのことが好きなだけだ」

「私も」

いいながら、俺の下で橘さんは体をビクッと跳ねあげる。

「もう……司郎くんの好きにすればいいよ」

俺は橘さんの脇を舐めつづける。

「司郎くん……あっ、あっ……やだ、またっ……勝手に……これ、ちがうの……」

橘さんは例のごとく、俺を交差した足でつかまえて、腰を浮かせながら悶えつづけた。

いつものクールな女の子はいなくて、半泣きになりながら枕に顔を押しつけ、恥ずかしさに耐えつづける女の子だ。

「……辱められた」

ひととおり終わったあと、橘さんは息を切らしながらいう。

「降参するか？」

「平気……まだ大丈夫……だもん……」

強がる橘さん。

ちょうどいい。俺は恥じらう橘さんをもっとみていたい。

「橘さん、顔が赤いな」

「……暑いだけ」

だったら、と俺はいう。

「もう少し脱ごうか？」

橘さんはうつむきながら、幼い表情でいう。

「……司郎くんが脱がせてくれるなら……いいよ」

◇

橘さんがベッドに座り、俺はそこにひざまずく格好になっている。

応用編のゲームは最終局面にきていた。

脱ごうかといったが、脱がすものはほとんどない。最初に目がいくのはやはり煽情的な黒の下着だが、俺が目をつけたのは――。

『橘さん、靴下脱いだほうがいいんじゃないか？』

『え、うそ……本気？』

『やめるか？』

『……やる』

そんなやりとりがあって、こうして俺がひざまずく状況になっている。

「あ、あのさあ」

橘さんが横を向きながらいう。

「やっぱり私が司郎くんの靴下を脱がせるじゃダメかな？　私がまず……」

「ダメ。まずは橘さんから」

「うん……わかった……」

橘さんは拗ねた表情をしながら、おそるおそるといった感じで足をさしだしてくる。

強めにいうと橘さん、本当に俺のいうことをなんでもきく。従順だ。

俺はそんな橘さんの白いソックスのつま先を前歯で噛む。

「なにもいわなくていいからね」

橘さんがいい、俺はうなずく。

「……はやくしてよ」

俺はゆっくりとソックスを引っ張って、脱がしていく。

口で靴下を脱がせる。柔軟剤の香りしかしないけど、やられるほうはかなり恥ずかしい。

橘さんは横を向いたまま、耳まで赤くしながら羞恥に耐えつづけている。

くわえながら顔をあげれば、橘さんの白い太ももがみえる。その奥にある黒い下着の薄い布は、汗やなにかで濡れて色が変わっている。

「司郎くん、はやくしてよぉ……」

橘さんは、もうクールな女の子じゃない。俺に攻められすぎて、バカになっている。

もっと、そんなポンコツになった、少女みたいな橘さんがみたい。

左足を脱がせ終わる。シャワーを浴びてきただけあって、ボディーソープの香りがする。

「反対側の足あげて」

橘さんがこっくりとうなずき、俺は反対の足のソックスにとりかかる。

ゆっくりと引っ張って、脱がせ終わる。

そこで橘さんが油断したのがわかった。だから——。

「司郎くん、やだ、だめだめだめだめ、だめだよぉっ！」

橘さんが取り乱す。

俺が、橘さんの足の指を舐めたからだ。

「うそ、うそうそうそ、ちょっと、もうダメ、恥ずかしくて私もうダメっ」

俺はやめない。もっと取り乱してほしい、幼くなってほしい。

親指をくわえ、足の指のあいだを丁寧に舐めていく。橘さんは足の肌すらなめらかで、やわらかくて、本当に箱入りお嬢様だと思う。

「お願い、もう許して、私の負け、私の負けだから！」

橘さんが降参する。でも俺は舐めつづける。ふやけさせたい。

もっと橘さんの悶える姿がみたい。いつものクールな表情のその下、本音の顔をみたい。

俺はそう思って、親指から順に舐めていく。小指までできたら、また戻っていく。

「ごめんなさい、ごめんなさい、ごめんなさい、お願い、もう許してぇ……」

かわいいな、と思う。

橘さんは余裕のある大人っぽいところと、少女が同居している。

「司郎くん、わたし、しんじゃうよお、ほかのことならなんでもするから、ゆるして、もうゆるしてよ、しんじゃうよぉぉ」

しんじゃうしんじゃうと連呼しながら、顔を手で隠して悶えつづける橘さん。

俺は調子にのって舐めつづける。しかし——。

「も～!!　司郎くんのバカッ！」

ついに恥ずかしさが怒りに変わったようで、反対側の足で思いっきり胸を蹴とばされた。

臨界点を突破してしまったみたいだ。

橘さんは眉間をよせ、怒りの表情をしている。

「口！　ゆすいで！」

橘さんは机の上のペットボトルをつかむと、乱暴に俺の口のなかにつっ込んでくる。

「飲んじゃダメだからね！」

口のなかに手をつっ込まれ、洗浄される。その場に口から水がだらだら流れ落ちるけど、俺たちはすでにびしょびしょに濡れているからあまり関係ない。

ひとしきりそんなことをしてから、橘さんが息をつく。

少しだけ冷静さを取り戻している。

「司郎くんさあ、私、恥ずかしくてしぬところだったんだけど」

「わるい、やりすぎた」

俺たちは床にへたり込んで、我に返る。完全にワルノリしてしまった。

息を整えた橘さんが俺に近づいてくる。

「……蹴ってごめんね」

「いや、蹴られて当然だろう」

「あざとかできてない？」

橘さんが俺のシャツをめくり、胸元をみる。

そこで俺たちは、ふたりとも服がはだけまくって、びしょびしょに濡れていることに気づく。

俺たちはバカになっているから、それでまた完全にスイッチが入る。

「ねえ司郎くん、その……なんていうんだろ、今のゲームもう一回やらない？」

「そうだな。汗は拭かなきゃいけないしな」

「今度は……手も自由に使おうよ」

「だな」

今、この状態で抱き合って舐め合ったら、めちゃくちゃ気持ちいい。

「司郎くん……」

「橘さん……」

濡れた橘さんはハチャメチャに色っぽい。表情はどこか恍惚として、脱力している。

抱きしめて、口のなかを舐め合って、まだ舐めていないいろいろなところを舐めよう。そう思って橘さんの肩をつかむ。そのとき——。

「ただいま～」

突然、扉が開いた。

みれば、妹が買い物袋をさげて立っていた。足元には尻尾をふるひかりもいる。

「お兄ちゃん……？」

俺と橘さんを交互にみてから、妹は頭を下げる。

「じゃましてごめんなさい。私と母はもう一度出かけてきます。二時間は戻ってきませんので、どうぞつづけてください」

妹は「みちゃダメだよ」といいながら柴犬のひかりを抱きかかえ、いそいそとその場をあとにした。

◇

外はすっかり暗くなっている。

駅までの道を橘さんと歩く。

一緒に手をつないで、正真正銘一〇〇パーセントの恋人みたいだ。

「なんかお母さんと妹さんに気を使わせて、申し訳なかったな」

橘さんは手にもった紙袋をみながらいう。

「こんなにたくさんお土産もらっちゃったし」

「いいよいいよ。近所の人とか親戚からもらったやつだから」

「門限なかったら、一緒に晩ご飯食べれたのにな」

「母さん、寿司とろうとしてたな……俺は恥ずかしかったよ」

「いいお母さんだよ」

あれから、母と妹は大騒ぎだった。なにせ俺が女の子を連れてきたのだ。

母が「まさか司郎が女の子と付き合えるなんてねえ」と橘さんをみて驚き、妹が「将来、私がお兄ちゃんの面倒みなきゃいけないって思ってたよ」と失礼なことをいった。

息子をよろしくねと母に頭を下げられ、橘さんは「私のほうこそ」と丁寧に頭を下げかえしていた。

そこから橘さんは母や妹に引っ張りだこになっていた。俺はひとりでぽつんとしていた。

そして日が暮れたので、こうして橘さんを駅まで送っている。

「妹さん、中学生？」

「中二」

「今度一緒に服買いにいこって誘われちゃった」

妹はさっそく橘さんに懐いたようだった。

「お母さんも妹さんも司郎くんに彼女ができたってすごく喜んでたね」

橘さんはそこで目を伏せ、少し寂しげなトーンでいう。

「私、ちゃんとした彼女じゃないのにね」

商店街のアーケードを歩く。

ハンバーガーショップやゲームセンターをみるたびに、もし俺たちがちゃんとした彼氏彼女だったら、放課後、こういうところで普通に一緒に遊んでたんだろうな、なんて想像する。

「彼女だなんて嘘ついて、ごめん」

「橘さんが謝ることじゃない」

「婚約者がいて、ごめん」

「それも、橘さんが謝ることじゃない」

「ちゃんとした恋人だったらよかった。妹さんと遊びにいったり、お母さんと一緒に台所に立って料理したり、したかった」

「橘さん……」

こんな想像よくないな、と橘さんはいう。

いつものポーカーフェイスに戻っていて、もう感情を読み取ることはできない。

「早坂さんとちゃんとした恋人になりなよ。練習彼氏なんてやめてさ」

突然、そんなことをいう。

「お母さんも妹さんも喜ぶと思う。嘘の彼女なんかよりも……」

「いや、早坂さんには他に好きな人いるから」

「そうかもしれないけど、司郎くんのこと相当好きだよ。周りがみえなくなるくらい。練習彼女のままだと、かわいそう」

「……橘さんはそれでいいのか？」

「…………いいよ」

私は高校卒業するまでしか司郎くんといれないから、と橘さんはいう。

駅につき、俺たちは別れる。

「じゃあね」

橘さんは背を向け、改札へと向かっていく。ゆきかう人の波にまぎれることはない。くたびれた夜の駅の構内でも、ひとり白い花のような雰囲気を放っている。なにより俺が橘さんを見失うことはない。多分、どこにいてもみつけられる。

そうやって目で追っていると、橘さんは最後に振り返っていう。

「私は消えていく恋人でいいから、それでいいから」

第13話　一〇パーセントの彼女

「だいたい準備終わりましたね。パンフレットも刷ったので、これで安心、安心」

浜波がいう。

晩秋の夜、学校からの帰り道でのことだ。

文化祭実行委員の仕事も一段落し、あとは当日を待つだけとなった。

「あ、コンビニ寄りましょう。おごりますよ、唐揚げでいいですか？」

浜波がいうので、コンビニに立ち寄った。

店の前で、唐揚げを食べる。

コンビニの買い食いって、人それぞれだ。早坂さんは肉まんが多いし、橘さんは寒い日でもアイスを食べる。

「あの、桐島先輩、それで、あの件は……」

浜波がもじもじしながらいう。

「ああ、あれか。橘さんが脱出ゲームの景品になるってやつ」

「そ、そうです」

「橘さん、ことわるってさ」

俺がいうと、浜波は、ほっとした顔をする。

「浜波もけっこう女の子だよな」

「そりゃあ……まあ、ジンクスとはいえ、優勝したら結婚ですし……」

「吉見くんのこと、好きなんだな」

「自分でもよくわかりません。意識しはじめたのは最近です。ただのお調子者だと思ってたんですけど……」

吉見くんは小学生のときにマンガをきっかけにバスケを始めたらしい。しかし思いのほか本気だったらしく、中学のときには全国大会に出場した。高校ではレベルがあがって、ベンチで苦しんでいる。でもくさらず、夜遅くまで公園で練習しているらしい。

「なんか……かっこいいって思っちゃって……」

なのに、と浜波は哀しそうにいう。

「いつのまにか橘先輩のこと好きだとかいいだして。小さいころ、私をお嫁さんにするっていってたくせに……」

「大丈夫、浜波の恋は上手くいくよ」

「なんでそういえるんですか」

「橘さんがいってた。幼馴染みは最強なんだってさ」

「……そういえば桐島先輩と橘先輩も小さいころに出会ってたんでしたね」

唐揚げを食べ終わり、俺たちは駅に向かって歩きだす。

「なんか、橘さんって思ったより優しい人ですね。変わったんですか？　もともとですか？」

「さあな。つかみどころがないんだよな。気まぐれなところあるし、ちょっと芸術家肌だし」

ついでにAB型で、左利きだ。

「意外と少女趣味というか、乙女っぽいところある気がするんですよね」

浜波がいう。

「だから今回も、本当は桐島先輩を待ってたんじゃないですか？」

「待ってた？」

「脱出ゲームの景品になるやつですよ。桐島先輩が脱出ゲームに参加して一位になってくれるって期待してたんじゃないですか？　それで一緒にベストカップル選手権に出たいって思ってたんじゃないですか？」

「いや、しかしそれは……」

「まあ、全部私の想像ですけどね。でも、扉越しに蹴られたことは忘れないほうがいいと思いますよ」

橘さんが激しいものをもっていることは俺もよくわかっている。

「とはいえ、もうひとりの人よりも余裕があることはまちがいないですけど」

「早坂さんか……」

「全部、桐島先輩のせいですよ」

浜波はいう。

「逃げる人を追いかけたくなる心理ってあるじゃないですか」

「スノッブ効果だな」

「桐島先輩が橘先輩のことを一番好きっていう状況が、もう早坂先輩からしたらずっと追いかけたくなるシチュエーションなんですよ」

たしかに常時スノッブ効果が発動しているといえる。

「早坂先輩もそりゃヤンデレ化しますよ。だって、スノッブ効果って数ある心理効果のなかでも強めですもん」

それは心理学の実験でも証明されている。

多分、俺が橘さんのことを好きだといえばいうほど、早坂さんは俺を追いかけたくなる。

「いいなあ、あれだけ人に好きになってもらえるなんて」

浜波がいう。

「私もスノッブ効果で吉見の気をひいたりできませんかね？」

「どうするんだよ」

「こんなんどうです？」

浜波が俺の腕に組みついてくる。

「いや、さすがにこれはダメだろ。追いかけたくなる前に、俺と浜波で付き合ってるんだなって思われるぞ」

「ですよね」

なんていいながら、浜波は腕を組み合ったままベタベタしてくる。

「あ～あ、こういうことしたいんですよねえ、桐島先輩となんかじゃなく、あのアホの吉見と！」

「俺を練習台にするなよ」

「どうせ桐島先輩は私なんかじゃ練習にもなんないでしょうね、橘先輩や早坂先輩に比べたら私なんてどうせガキですもんね」

そんな恋人シミュレーションをやりながら、駅前の広場まできたときだった。

野性の勘だろうか、背筋に冷たいものを感じ、あたりをみまわすと――。

ベンチからひとりの女の子が立ちあがってこちらをみつめていた。

早坂さんだ。

無表情な顔で俺と浜波の組んだ腕をみながら、首をかしげていう。

「ねえ桐島くん、私って、いらない女の子？」

◇

「どれくらい待ってたんだ？」

「全然待ってないよ。ほんの三時間くらい」

早坂さんは本当に、心の底からたった三時間という顔でいう。俺が戸惑った顔をしても、「なんで？」といった感じで、無垢な顔で首をかしげるばかりだった。

俺たちは駅前のベンチにならんで座っている。

腕を組んでいた浜波は、早坂さんに謝り倒してから去っていった。

別れ際に俺が「吉見くんと恋するときはあんま小細工すんなよ」と声をかけると、「お、お、お、お前がいうなー!!」と捨て台詞を残していった。もっともだ。

「桐島くん、寒くない？」

早坂さんはそういって、自分の首に巻いたマフラーを俺に巻こうとする。

「いや、早坂さんのほうが寒いだろ」

ベンチで待ちつづけていた早坂さんの頬は真っ白だ。

「スマホにメッセージいれてくれたら、実行委員抜けてきたのに」

俺がいうと、早坂さんは「いいの」という。

「私、桐島くんの負担にはなりたくないもん」

とりあえず俺は自動販売機でホットの紅茶のペットボトルを買って、早坂さんに渡す。

早坂さんはそれを受け取ると、嬉しそうに手をあたためはじめた。こうやってみると、本当にかわいらしい女の子だと思う。

「えへへ、やっぱり桐島くんだな」

「せっかくだからどこか店に入ろうか？」

「ううん、このままでいい」

久しぶりにゆっくりお話ししたかっただけだから、と早坂さんはいう。

「浜波さん、すごく恐がってたね」

「早坂さんが笑顔で脅かすからだろ」

「ちょっとやりすぎたかな。ホントは気にしてないよ。腕を組むくらい、全然、まったく気にしてない。私、そういうの許せるいい彼女になるって決めたから」

「あ、ああ……」

「それに、私だって桐島くん以外の男の人と仲良くしてるもん」

「え？」

「柳先輩」

最近、よく連絡を取り合っているらしい。

「よかったな」

「うん。進路のこととか、けっこうプライベートなことまで話してくれるんだ」

「そういえば先輩、早坂さんのことかわいいっていってたな」

「やった！」

こぶしをグッとする早坂さん。そうしたあとで、ハッとした顔で俺をみる。

「ご、ごめん。私……ちがうの、ちがうから、桐島くん、私のこと嫌いにならないで……」

急に泣きだしそうになる早坂さん。やっぱり不安定だ。

大丈夫だよ、と俺はなだめるようにいう。

「柳先輩は一番の相手なんだから」

「だよね、そうだよね。でも今、桐島くんがへこんだ顔してくれて、私嬉しかったよ」

そういって俺の腕に抱きついてくる。久しぶりの、優しくて、やわらかい感触。

「それで、柳先輩とはいい感じなんだな」

「うん。このあいだは夜中に突然電話かかってきたんだ」

「それ、すごいことだろ。かなり親しくないとそんなことしないぞ」

「うん。相談事があったみたい」

「どんな？」

「桐島くんと橘さんが手をつないで歩いてるとこ、みたってさ」

冷たい風が吹きぬける。

俺と柳先輩は最寄りの駅が同じだ。橘さんが俺の家に遊びにきたとき、帰りに駅まで送っていった。そのとき俺たちはずっと手をつないでいたから、それをみられたのだろう。

「ちがうよね？」

虚ろな瞳の早坂さんがきいてくる。

俺は思わず「あ、ああ……」と嘘をついてしまう。

「だよね。だから先輩には……絶対、みまちがいだっていっておいたよ」

早坂さんがいう。前髪が垂れて、その表情はうかがいしれない。

「だって桐島くんがそんなことするはずないもん。私ががんばってるときに、そんなひどいことするはずないもん、桐島くんが私を裏切るはずがない、桐島くん、桐島くん、桐島くん」

「ちょ、早坂さん――」

「私が先輩を振り向かせれば全部上手くいくんだ。そうすれば桐島くんは先輩を裏切らなくてすむし、私だって橘さんと友だちでいられる。私、橘さんのことホントに好き。だから早く先輩口説かなきゃ。そうすれば、誰もなにも壊れない」

早坂さんが俺の腕をつかむ。力がこもっていて、少し痛い。

「桐島くん、私がやるまでちゃんと待ってくれてるよね？　わるい人にならないよね？　うん、なるはずがない。桐島くんだもん、信じてる」

早坂さんは多分、なんとなくわかっている。でも信じたくなくて、俺の幻想にすがりつこうとして、壊れかけている。みていられなくて、俺はいってしまう。

「もし俺が……もう、わるい人になってたらどうする？」

このまま正直にすべて打ち明けてもいい、失望されてもいい、そう思った。でも――。

早坂さんの反応は予想外のものだった。

もし俺がわるい人になっていたとしたら――。

「それは、私がわるいんだ。うん、今、全部わかった。私がわるい」

「え？」

「私が頼りないから、私が桐島くんを満足させられないから、だから桐島くんがちゃんと待っていられないんだ。全部、私のせいだ。私がダメな女の子だから……だから……私がいい女の子になればいいんだ。そうすれば桐島くんはちゃんと待っていられる、先輩を裏切らずに、私が口説くまで待っていられる、私が満足させることができたら――全部上手くいく！」

顔をあげた早坂さんの表情は、今までにないほど明るかった。

待っててね、と元気な声でいう。

「私、いい彼女になるからね。桐島くんにとっての一〇〇パーセントの彼女になるからね！」

◇

桐島くんがわるい人にならないようにする。

早坂さんは『いい彼女』になろうとがんばりはじめた。

俺が早坂さんに満足すれば、先輩を裏切ることになるこのタイミングで、橘さんにアプローチしたりしないという理屈だ。

「桐島くん、歴史のノート、提出だけど大丈夫？」

朝の教室、早坂さんがにこやかに近寄ってきてたずねる。

「さぼった時間が多かったからけっこうまずいかも」

「私、全部書いてるよ。写す？」

「ありがとう」

「じゃあ、桐島くんのノート貸して？」

「え？」

「私が写してあげるね」

早坂さんは強引に俺のノートを机から引っ張りだすと、自分の足につまずきながらダッシュで自分の席に戻っていった。その日のうちに、ノートは返ってきた。早坂さんが書いたページだけかわいらしい文字で、カラフルだった。

早坂さんの思ういい彼女とは、かなり献身的な彼女のようだった。

そしてやっぱり早坂さんだから、ちょっとだけやりすぎるところもある。

早坂さんの一〇〇パーセントの彼女計画が始動して数日後のこと。

昼休み、机に伏せて寝たふりをしていたら、クラスメートたちの会話がきこえてきた。

「なんかさ、早坂さん、最近ずっと桐島と一緒にいないか？」

「ああ。調理実習でクッキーつくったらすぐに桐島にもっていってたな」

「桐島が新発売のグミの話をしてたら、翌日買ってきて手渡してたぞ」

「それ、桐島がただのヒモじゃん」

俺と早坂さんの関係は秘密で、これまで教室では会話もしない距離感でやってきた。

それが完全に崩れている。

さすがにやんわり注意しないといけないな、と思っていたところ、肩を叩かれる。

顔をあげれば、その早坂さんだった。

「ねえ桐島くん、最近ずっと購買でパン買ってない？　前はお弁当だったのに」

「妹がつくってくれてたんだけど、なぜか急につくってくれなくなったんだ」

そっかそっか、と早坂さんは嬉しそうな顔をする。

「じゃあ明日から私がつくってきてあげるね」

そういってピースサインをする。

クラスの男子たちが、そんな俺たちの様子を遠目にみて、なにやらひそひそ話を始める。

「なあ早坂さん、さすがに堂々と話しかけすぎじゃないか？」

「どうして？」

「なんかこのままだと、なにいわれるかわからないっていうか……」

「でもさ、まずは桐島くんを満足させないといけないよね？　でないと、わるい人になっちゃうもんね？　大丈夫、私、全部わかってるから。もう、ひとりで全部できるから」

「あの、早坂さん――」

「うんうん、きっと上手くいく！」

早坂さんはグッとこぶしを握り、吹っ切れたような表情でいう。

「だから明日から期待しててね！」

こうして俺の彼女の手作りお弁当生活は始まった。

早坂さんがお弁当をつくってきてくれて、昼休みになると時間差でミス研の部室にいって一緒に食べる。そんな日々が始まったのだ。

早坂さんは周りの目とか、二番目の彼女というルールを無視して、ただ『いい彼女』になるためだけにすべてを振り切っていた。

俺が寝ぐせをつけて登校すると、髪を押さえて笑ってくれる。放課後は一緒に待ち合わせて、とりとめのないことを話しながら帰る。

柳先輩にたいする一番の恋とまったく両立しない点を無視すれば、楽しい日々だった。

かわいい彼女のいる高校生活とはこういうものなのだと思った。

もし俺と早坂さんが一番の好き同士だったら、こういう未来もあったのかもしれない。

そうなればよかったな、とも思う。でも──。

「桐島くん、どうしたの？」

早坂さんがいう。

「お箸止まってるよ？　もしかして苦手なのあった？　遠慮なくいってくれていいよ」

「いや、大丈夫、全部俺の好きなものだよ。苦手なものは一つもないし、どれも美味しい」

昼休み、部室でのことだ。

その日も一緒に早坂さんの手作り弁当を食べていた。

「なにか足りないことあったらいってね、私、なんでもするからね」

「今でも十分だよ。早坂さんは本当に料理が上手い。いいお嫁さんになると思う」

「ほんと!?　嬉しい！　私、いい彼女だけじゃなくて、いいお嫁さんにもなれるね！」

いいながら、対面のソファーに座っていた早坂さんが俺のとなりにきてくっついてくる。

「学校なんだよなあ」

「ちょっとだけ」

動物が懐くように、また頭をこすりつけてくる。

本当にかわいくて、いい彼女だと思う。完全な恋人だ。

「昨日のラジオ、私も聴いたよ、すごく面白かった！」

早坂さんが昨夜のラジオの感想を話しだす。俺がいつも聴いている番組だ。

「あとミステリー小説も読んだ。難しいところもあったけど、謎が解ける瞬間はすごく気持ちよかった！」

早坂さんは最近、ミステリーも読むようになった。

「じゃあ私、そろそろ戻るね」

そういってランチボックスをかわいい袋に入れて、部室からでていこうとする。

この表面上の楽しさをもっとつづけてもいいのかもしれない。

でもこれって、ただのイメージだ。こうだったらいいなってだけで、誰も幸せじゃない。

だから俺はやっぱりいってしまう。

「早坂さん、俺、ちゃんと早坂さんのこと好きだよ」

「うん。そういってくれて嬉しい！」

「だから、無理してほしくないんだ」

早坂さんは扉の前で立ちどまり、こちらを振り返って、きょとんとした表情でいう。

「無理なんかしてないよ？」

「朝早くに起きて弁当つくって、ラジオも聴いて、ミステリーも読んで、いつ寝てるんだよ」

「寝なくていいよ。だって、桐島くんの理想の彼女になるためだもん」

「早坂さん………」

「私ってさ、なにもないでしょ？　橘さんとちがって、桐島くんを好きにさせられるもの、なにももってない。だから努力しなきゃ。桐島くんに好きになってもらえるように。大丈夫だよ、今度は無理してるようにみえないようにするから。ごめんね、気が利かなくて。橘さんみたいに器用じゃなくて。でも、できるようになるから。すぐなるから。だから、待っててね」

早坂さんはポジティブなトーンでいう。

「桐島くんが私に夢中になってくれたら、全部上手くいくもん。桐島くんがわるい人にならなくてすむもん。私が完全な彼女になれば――」

「でもこれだと早坂さんの一番の恋にもよくない。俺たち、少し噂になってる」

「だよね。私、なんかめちゃくちゃになってるよね。そもそも橘さんは一番の女の子だから、私が先輩を振り向かせるまで待ってとか、そういう話じゃないよね。そういうの、全部わかってるんだよ。ちゃんと理解して、やってるんだよ。ちゃんと考えて、だした結論なんだよ」

だって、と早坂さんはいう。

「私バカだから、桐島くんのことどんどん好きになっちゃうんだもん。仕方ないよ」

◇

「またあかね壊したでしょ」

酒井がいう。

早坂さんの友だちで、普段は地味なメガネをかけている女の子。しかしメガネをとって前髪をあげれば、大人びた恋多き女の子になる。

「あかねが自分で選んでることなんだけどさ」

秋雨の降りしきる朝のことだ。

俺は一限目をさぼり、自転車置き場で酒井と話していた。

「あかね、最近、男子の手を振り払ったんだよ」

「それ、俺もみた」

渡り廊下で、三年生の男子にさわられそうになったときのことだ。

『早坂さん、文化祭一緒にまわろうよ』

男子生徒はそういって、早坂さんの肩に手を置こうとした。

『さわらないでください！』

早坂さんが大げさに振り払うものだからその男子生徒はムッとした顔をしていた。みんなの前で邪険にされて、恥をかかされたと思ったみたいだった。

彼が去ったあと、早坂さんはおろおろとうろたえていた。

「髪を伸ばそうとしてるみたいだし。なんでかわかる？」

「橘さんになろうとしている」

「そう。桐島の好みにあわせてね」

ラジオやミステリーもそうだ。それが俺にとっての理想だと判断したのだ。

「多かれ少なかれ人は誰かにあわせて自分を変えるものだけど、あかねはやりすぎだね」

「早坂さん、『自分にはなにもない』っていってたんだ」

「桐島と橘さんの相性が良すぎるから、比べちゃったんだな」

あかねは自己肯定感低いからなあ、と酒井はいう。

「今回のきっかけってなに？」

「俺が橘さんと手をつないでた」

「やってるね」

「それを柳先輩がみたっぽい」

「修羅場じゃん」

「早坂さんは先輩のみまちがいだって自分にいいきかせてる」

「みたくない現実なんだろうね」

それで壊れたわけね、と酒井はいう。

「たしかに柳くんがあかねに惚れてふたりがくっつけば全員幸せになるね。柳橘ラインが自然消滅するわけだし。でもそんなのムリでしょ。柳くんがあかねにいくとは思えないな」

「俺もそう思う」

「あかねは正直に認めるべきだね。桐島が一番になった、って」

親しくしてるうちにいつのまにか一番好きになるなんて自然なのにね、と酒井はいう。

「いずれにせよ、この関係をまだつづけるんなら、とりあえずあかねをケアしてあげてよ」

「どうすればいい？」

「まずは助けてあげな。あかね、今ピンチだから」

「なにかあるのか？」

「手を振り払われた三年の男子、あかねのこと逆恨みしてるみたい」

早坂さんは橘さんの真似をして強く拒否した。それが裏目にでてしまったらしい。

「わかった」

「当然だね。二番目だけど、唯一の彼氏なんだから」

「でも助けたからって、橘さんの真似をやめるわけじゃないだろ」

それだといつもの繰り返しだ。

「そうだね。あかねを強く肯定してあげなきゃね。今のままでいいって」

「そのやり方がわからないんだ」

「桐島(きりしま)、意外と頭がまわらないんだね」

とても簡単でよく効く方法があると酒井(さかい)はいう。

「あかねにしてあげればいいんだよ。普通の彼氏彼女がしてることをさ」

◇

大人の男女がするとても親しい行為をする。たしかにそれって最上級の肯定だ。

完全に受け入れた相手としか普通そういうことはしない。それをするってことは、相手からの好意を保証されたようなものだ。愛情の確認行為という解釈はかなり正しい。

もしそれで早坂(はやさか)さんを強く肯定できるなら、俺はそれをすることを真剣に考えるべきだ。

でもその行為のもつ意味が俺には大きすぎて、まだ判断できない。

いずれにせよその前に、俺にはやることがあった。

「で、どこに向かってるわけ？」

牧(まき)がきく。

「コンビニ」と俺はこたえる。

雨上がり、放課後のことだ。

帰り道のコンビニで、早坂さんを強引にナンパして連れだそうと数人の男が待ち伏せしていると酒井に教えられた。早坂さんが冷たくした男子生徒が、地元のヤンチャな先輩たちに自分の高校にエロくてかわいい女の子がいると話したことが原因だ。

「なんで俺も一緒なんだ？」

となりを歩く牧がいう。

「相手も何人かいるらしいからさ」

「喧嘩でもするつもりか？」

「場合によっては」

「桐島、ホントはビビってるだろ」

「そんなわけないだろ」

「じゃあなんで俺を前に立たせようとするんだよ」

そんなことをいいながらコンビニにつく。駐車場のところに男が三人たむろしていた。

「なあ桐島、あれヤンチャっていうか、ワルそうな感じじゃねえか？」

「グラサンかけたやつが兄貴分って感じだな」

「黒いボックスカー停めてるところがなあ。あれに早坂乗せるつもりなんだろうけど」

「なんとかしなきゃな」

「桐島、男じゃん」

「まあな」

俺は肩をいからせながら、男たちのほうに歩いていく。しかし――。

「どうかお引き取りください」

彼らの前に立ったとき、俺は光の速さで頭を下げていた。恐いもんは恐い。

「なんなのお前ら？」

ドレッドヘアの男がいう。胸に金色の太いネックレスをしている。

「早坂さんの友だちです。それで、早坂さんはそんな女の子じゃないんで、声をかけないであげてください。って、となりにいるこの牧って男がいってます」

「いえ、このクソ雑魚メガネの桐島がいってるだけです。こいつ、さっき、いざとなったら力ずくでいうこときかすってイキってました。殴るならこいつにしてください」

俺たちは互いを矢面に立たせあいながら、なにもせずに帰ってくださいとお願いする。

「でもよお」

リーダー格っぽいグラサンがいう。

「その女、文化祭の準備中にカーテンのなかで男とヤってたってきいたぜ？　俺たちが誘ったら口ではいやいやいいながらも体はノリノリでついてきてくれるんじゃねえのか？」

男たちは、俺たちもヤりてえ〜っ、と下品に笑いながらいう。

牧が驚きの目で俺をみる。

「え？　ヤったの？　学校でヤった？　それはさすがにヤりすぎじゃない？」

「ヤってない！　ていうか今はそういうことといってる場合じゃない！」

なるほど、それでこういうことになっているのか、と思う。

実際、カーテンのなかで早坂さんはスカートを脱ぎ、大げさに喘いで、自分に声をかけようとしていた男子たちにみせつけた。あの清楚な早坂さんがそんなことするはずがないという声が大半だが、やはり多少は噂になっている。

「だからよお、声かける前に帰るわけにはいかねえよなあ。顔もみてみたいし。あ、みてみたいのは体か。すげえエロいらしいじゃん。服脱いだところもみてえよな」

男たちがまた声をあげて笑う。

こういうタイプの人たちにからまれたら、早坂さんの心が濁るのはまちがいない。

「全部誤解ですから」

帰ってくださいと俺はお願いする。でも、向こうも女の子と楽しいことをしてやろうと前がかりな気持ちになってるから一歩も引かない。むしろ怒って声にドスをきかせはじめる。

「お前、その早坂って女のなんなんだよ。ただの友だちじゃねえだろ」

「…………彼氏です」

「エロい彼女もてあましてんだな」

「早坂（はやさか）さんはそんな女の子じゃない。あまり品のないことをいうな」

こっちだって多少はムッとするし、だんだんと口論はエスカレートしていく。そうなると向こうからしたらこっちは弱そうなやつで、手がでるのは自然な流れだった。

「お前ら、頭下げてるけど俺らのこと舐（な）めてるだろ。そういうのわかんだからな」

ドレッドヘアの男がこぶしをふりあげる。

「あ、殴るなら牧（まき）をどうぞ」

「いや、桐島（きりしま）で、メガネ割っちゃってください」

結局、俺が鼻っぱしらをグーで殴られた。

痛いし、鼻だから自然と涙がでてくる。鼻の下に熱いものを感じる。血だ。でもこれでいいかも、とも思う。ここで俺がボコボコになったら、彼らもナンパどころじゃなくなって、問題にならないうちに逃げていってくれそうだからだ。

「なんだこいつ？　へらへらしやがって」

さらに殴られそうになる。

そのときだった。

「そういうの、やめてもらっていいっすか？」

俺たちと同じ高校の制服を着た男子が割って入り、ドレッドヘアの男の腕をつかんでいた。

「三人くらいなら、相手できますよ」

短髪で、細いけどしっかりと鍛え上げられた体をしている。体育会系だ。ヤンキーたちもガタイはいいけど、筋トレでつくったみせるための筋肉だ。彼のはちがう。しなやかで、実践向きの強さを感じる。彼は一対三のまま、ヤンチャな男たちと少しのあいだにらみ合う。

そうこうしているうちに、短髪の彼の部活仲間らしき男子が数人やってくる。

さすがにヤンチャな男たちも分がわるいと感じたのだろう。

「しょうもな」

そんな捨て台詞を残し、黒のボックスカーに乗り込んで去っていった。

「先輩、大丈夫っすか？」

短髪の彼が俺の顔をのぞき込んでくる。どこか見覚えのある顔。

「君は……」

「俺、吉見っす。吉見誠っていいます」

さわやかな男ぶりだ。男の俺からみても、かっこいい。

なるほど、浜波のやつ、なかなか見る目があるじゃないか。

「ありがとう、助かったよ」

「いえ。実は……桐島先輩に用があって、声かけたんです」

吉見くんはちょっと口下手な男の子って感じだ。好感がもてる。

「でも俺、橘さんのことなら力になれないよ」

「いえ、ちがうんです」

彼は頭をかきながら、なにかいいたそうにする。

俺が待っていると、もじもじしながら恥ずかしそうにいった。

「桐島先輩はその、浜波と付き合ってるんすか？」

「……いや、全然そんなことないけど」

浜波とはただ文化祭実行委員で一緒にいることが多いだけだ。それを説明すると、吉見くんはほっとした顔をする。

「吉見くん、もしかして……」

「まあ……そうなんです」

吉見くんは照れくさそうにいう。

「俺が好きなの、浜波なんです」

◇

「ごめんね、私のせいだよね」

早坂さんが丸めたティッシュを俺の鼻に詰め込んでくる。

「そっちの穴からは血でてないけどな」

「ごめんね桐島くん、ごめんね、ごめんね。だから、私のこと嫌いにならないで、捨てないで」

早坂さんは俺のいうことなんてきいてなくて、結局、二つの鼻の穴いっぱいにティッシュを詰め込んだ。

保健室でのことだ。

あれから俺はいったん学校に戻り、保健室にいくことになった。そして牧から事情をきいた早坂さんがやってきて、こうして手当てをしてくれている。

「顔よごれちゃってる」

「早坂さん、それ雑巾だからな」

「鼻のあたまも怪我してる。消毒しなきゃ」

「眼球に噴射するのは勘弁してくれないか」

「ご、ごめん！　ちょっと待って、すぐに——」

あわてふためく早坂さんは机に激突し、救急箱をひっくり返して中身を床にぶちまける。

「俺は大丈夫だからそんなにあせんなくていいよ」

いいながら、俺は床に散らばった救急箱の中身を拾っていく。包帯、胃薬、絆創膏、あらかた戻しおわったところで、早坂さんが肩を落として立ち尽くしていることに気づく。

「早坂さん？」

「私、ホント、ダメだね。いい彼女になりたいのに、なれそうな気がしたのに、やっぱ全然ダメだ……」

べそをかきながら、弱りはてた顔でいう。

「桐島くんに、迷惑ばっかかけてる……」

「そんなことないって」

「私だって上手くやりたいんだよ。桐島くんのためになにかしたいんだよ。でも器用にできないんだ。橘さんになれない……ごめんね、今回だって橘さんみたいに男子を上手くあしらおうとしたんだ。でも、桐島くんに怪我させちゃうし。ごめんね、私、バカでごめんね」

「早坂さん……」

とりあえず早坂さんを椅子に座らせる。

「ねえ早坂さん、別に橘さんになる必要なんてないんだ」

「でも、橘さんは桐島くんにとって一番の女の子でしょ？　私は桐島くんの好みにちょっとでも近づきたいの。桐島くんにとって一〇〇パーセントの彼女になりたいの」

「相手の好みにあわせようとするのはわるいことじゃないけどさ」

俺だって早坂さんによく思われたくて、理想に近づきたくて、意識して紳士的にふるまっていたりする。そういうのって誰にでもあることだ。

「でも、今の自分をダメって否定することはないだろ。俺は早坂さんが自分でダメと思ってるところ、すごく好きだ」

「そんなの嘘だよ」

だって、と早坂さんはいう。

「私、普通にしてたらラジオ聴かないんだよ？　桐島くんの好きな深夜ラジオ、聴かないんだよ？」

「早坂さんはすぐ寝ちゃうもんな。そういうところ、かわいいと思う」

「私、普通にしてたらミステリー読まないんだよ？　桐島くんの好きなミステリー、読まないんだよ？」

「早坂さんは殺人事件が苦手だもんな。優しくて、いいじゃないか」

「……でも、やっぱりダメだよ。私、このままじゃダメ。あまりに橘さんとちがいすぎる。桐島くん、絶対イヤだと思う」

酒井のいうとおり、早坂さんは自己肯定感が低い。でも多分、橘さんと比較させてしまったのは俺だ。だから今、俺がありのままの早坂さんを肯定しなければいけない。

「……それにね」

早坂さんはつづける。

「私、重い女の子なんだよ？　二番だからそうならないように、いっぱいいっぱい我慢してるけど、本当はすごく重い女の子なんだ。桐島くんは気づいてないかもしれないけど」

「そ、そうだな……」

かなり早い段階で気づいてたけどな。そして、我慢してそれかぁ……。

「抱きあったりキスしたり、全部桐島くんが初めてだからそれだけでどんどん好きになっちゃうんだ。桐島くんのことしか考えられなくなっちゃうんだ。橘さんは大事な友だちなのに、それなのに、たまに、いなくなったらいいのに、なんて考えちゃう、ダメな女の子なんだよ」

「大丈夫だ。俺はそんなありのままの早坂さん、全部受け止めれるから」

それに、と俺はいう。

「早坂さんみたいな素敵な女の子にそこまで好きになってもらえるのって、すごく嬉しい」

「ホント？」

「ああ」

「私、重い女の子のままでいいの？」

「いいよ」

かわいくて重い女の子って、めんどくさいイメージがつきまとうけど、本音では男子にとってちょっとした憧れだったりする。たくさん好かれて、わるい気なんてしない。

「桐島くん、私、ありのままでいていいの？」

「もちろん。俺は早坂あかねが好きだ」

早坂さんの表情が明るくなっていく。つくったものじゃない。早坂さんのなかに本来ある、天真爛漫な明るさだ。その顔をみて思う。俺はやっぱり早坂さんが好きだ。

「そうだね、そうだよね。私は私だもんね」

早坂さんは立ちあがり、俺に抱きついてこようとして、でもぎりぎりで立ちどまった。

いつもならブレーキが壊れて、俺にくっついて、過激なことをしたがるところだ。

でも——。

「いいんだ」

早坂さんはいう。

「ここ学校だし、桐島くんは私を受け止めてくれるっていうし、無理しなくていいんだ」

なんだか本当に吹っ切れた感じで、これはこれでよかったんだと思う。

「私、桐島くんにぶつかっていくからね。私のまま、いくからね」

「ああ、どんとこい」

「えへへ、それなら——」

早坂さんは顔の前で指をからませ、頬を上気させながら、今までみたことのないような色っぽい表情でいう。

「今度、私の全部をあげるね。だから、ちゃんと受け止めてね。逃げないでね」

第13・5話　酒井（さかい）文（あや）の適性試験

三限目が終わったあとの休み時間のことだ。

「なに読んでるの？」

私が声をかけると、早坂（はやさか）あかねは急いで読んでいた本を机の下に隠した。

「あ、あやちゃん。なんでもないよ、ただのマンガ」

「ふうん」

ごまかしたつもりかもしれないが、あかねが読んでいたのはかなり過激な少女漫画だ。

「次、体育だから早く更衣室いこうよ」

「そ、そうだね」

更衣室であかねが服を脱ぐ。下着がやけに大人っぽい。

誰かにみられることを意識した下着だ。彼氏彼女が普通すること、を考えているのだろう。

やれやれ。ここは友だちとして、あのメガネ、桐島（きりしま）よりも先に、あかねの適性をチェックしておくか。そう思いながらグラウンドにでる。

「あかねちゃん、一緒にストレッチしようよ」

「うん、いいよ」

「じゃあ、股関節からしよう。足広げて、仰向けになって」

「仰向け⁉」

あかねを地面に転がし、両足の太ももをつかみ、胴体に向かって広げながら押しつける。太ももだけじゃなく股関節もやわらかいらしく、かなりしっかりと股が開く。

「あやちゃん、これ、なんだか恥ずかしいよ……」

「ストレッチしてるだけだよ？」

「そ、そうだよね……」

あかねは私のことを地味でそういうことには疎い女の子だと思っているから、まさか私が彼氏彼女のすることを想定してこの体勢をとらせているとは考えていないようだ。

私は調子にのって、自分の体をあかねの足と足のあいだにいれ、覆いかぶさってみる。

「ちょ、あやちゃん、これ……」

「体重かけると効果高まるからさ」

「ダメだよぉ……なんだか、これ……変だもん……」

あかねの体はしっとりしていて、やわらかくて、仰向けになっても胸のボリュームがわかる。

これは男にとってはたまらないだろうな、と思う。幼い顔と色気のギャップがすごい。

もしヤったら……男はこの体に狂うにちがいない。

「ごめんごめん、なんかあれだね、えっちだったね」

「ちょ、あやちゃん、え、えぇっ⁉」

「そういうの、想像しちゃったんでしょ？」

「ちょ、そういうわけじゃ！」

あかねは体を起こすと、体育座りして膝で顔を隠す。でもしばらくすると赤い顔をあげて、拗ねたような顔で私をみる。

「なんか、意外だよ。あやちゃんが、そういうことというなんて」

「知識としてもってるだけ」

嘘だけど。

「でも、あかねちゃん、そういうことしたいの？」

私がストレートにきくと、あかねは「どぅえっ！」と変な声をだす。

「そんなわけないよ！　私がそういうの、苦手だって知ってるでしょ？」

「相手がその辺の男ならね。でも好きな人だったら？」

「それは……」

あかねは足をもじもじさせたあと、「したいかも……」という。

よかったな桐島、相手は絶対お前だぞ。

「したらどうなりそう？」

「そ、そんなのわからないよ」

「想像してみて」

私が促すと、あかねは頭から湯気をだしはじめる。いわれてちゃんと想像するのだから素直ともいえるし、ちょろいともいえる。

「どう？」

「どうって……すごく好きになると思う。服を着ないで、肌と肌で、体全部で相手のこと感じたら、そんなのきっと壊れるくらい好きになっちゃうよ……」

「肌だけじゃなくて内側でも感じるしね」

「う、うちがわっ！」

あかねは驚いて体を跳ねさせる。でもすぐに想像したのか、目をとろんとさせる。

「桐島(きりしま)くん――好きな人を内側まで深く受け入れちゃったら、私もう、離れられなくなっちゃうよ。絶対、ずっとそのままでいたい、くっついていたいって思っちゃうもん」

あかねは恍惚(こうこつ)とした顔をしている。

「でもさ、桐島(きりしま)が橘(たちばな)さん――、じゃなくて、あかねの好きな人が、別の女の子と先にそういうことしちゃうかもしれないよね」

「え、そんなの……」

それも想像したのだろう、あかねの表情がみるみるうちに曇っていく。

「ダメだよ……そんなのダメ……絶対ダメ……」

「ちょ、あかね——」

あかねの目に涙がみるみるうちにたまっていく。

「ごめん、変なこといって。可能性の話だから、多分、大丈夫だって。多分だけど……」

私がそういっても、あかねはもうなにもきいていなかった。

泣きそうな顔で、ずっとつぶやきつづけていた。

「橘(たちばな)さんより先にしなきゃ……でないと桐島(きりしま)くん……とられちゃう……桐島(きりしま)くん……」

第14話　女の恥

状況がよくなっている気がしない。

早坂さんはむしろ不健全なほうに勢いがついたように感じるし、柳先輩とはなにも話せていない。顔をあわせるのが気まずくて、俺が逃げてしまっているせいもある。

そして、もうひとりの女の子も忘れてはいけない。

昼休み、旧音楽室でのことだ。

「早坂さん、練習彼女というより完全な彼女みたいになってるね」

橘さんがいう。

俺たちはピアノの椅子に、ならんで腰かけている。

「このあとまた、早坂さんと一緒にお弁当食べるんでしょ？」

「そうなるな……」

「そんな顔しなくていいよ。私、別に気にしてないから」

俺が重い女の子でいいよといって以来、早坂さんの彼女的な動きは加速した。

弁当を食べるとき、前はいつも別々に部室に向かっていたのに、最近では席まで俺を迎えにくる。廊下ですれちがえば親しげに手をふるし、校内で立ち話をするときも、人目をはばからず俺の袖をつかんだりする。まったく隠す気がない。

体育の時間には「桐島くん、がんばれー！」と黄色い声援をとばしてきて、「お前アイドルだったの？」と牧が戸惑っていた。

それに比べて橘さんは大人しいものだった。

手をつないでいるところを柳先輩にみられて以来、こうして誰にもみつからないように旧音楽室で少し会話をするくらいしかしていない。それでも橘さんは涼しい顔をしていた。

「橘さんは嫉妬しないんだな」

「そうだね。あまり他人に興味ないし、早坂さんがホントは練習彼女とは少しちがうってこともなんとなくわかってるけど、あえて知りたいとは思わないかな」

やっぱり私ってまだ子供なのかも、と橘さんはいう。

「恋愛ってよくわからないこと多い。司郎くんと早坂さんの好きが二つあるのもいまいちピンとこないし。私のなかにはどれだけ探しても好きは一つしかないから」

しかし、わからないとはいいながらも——。

「橘さんも誰かの恋愛を手伝ったりするんだな」

「なんのこと？」

橘さんはフイと横を向く。イタズラのみつかった子供みたいだ。

「吉見くんと話したんだ」

「……そう」

浜波は幼馴染みの吉見くんのことが好きだ。でも吉見くんは橘さんに夢中で、まったく浜波のことをみてくれない。浜波はそういっていた。実際、吉見くんは橘さんを追いかけていたし、橘さんに連絡先を教えてもらって喜んでいた。

でも実際に会ってみた吉見くんの印象はちがった。

吉見くんは浜波のことが好きだ。そしてそんな彼にいわせると、浜波は同じ実行委員の桐島とかいう先輩といつも一緒で、俺のことをみてくれない、ということになっていた。

このすれちがいはなぜ起きたか。多分それは――。

「橘さんは吉見くんから相談を受けた。おそらく、浜波が俺に相談するよりも前に」

そして――。

「スノッブ効果を使ったろ」

逃げるものを追いかけたくなる心理的な効果。

俺はこれを恋愛ノートで学んだし、橘さんも読んでいて不思議じゃない。

「浜波はまんまと橘さんの策にハマったわけだ」

「まあ、そんな感じ」

橘さんはいう。

「もともとはさ、先に吉見くんが浜波さんを好きで、浜波さんは全然意識してなかった」

「そうなのか？」

「ただの幼馴染みで恋愛対象じゃないって感じ。それで吉見くんは浜波さんの反応をみるために、他に好きな女の子がいるってポーズをとった。私を選んだのはテキトーだと思う」

「なるほど」

多分、吉見くんが橘さんを選んだのはテキトーじゃない。他に好きな女の子がいるというポーズをとるにあたり、あまりにリアルだと浜波が離れていく。だから現実感がなくて、絶対に自分になびいてこなそうな女の子を選んだのだ。

「吉見くんが私に話しかけてきたとき、すぐに気づいた。この男の子、別に私のこと好きじゃないなって。事情をきいたらそんな感じだから、手伝ってあげることにしたんだ」

「それで連絡先を教えたのか」

「心配した？」

「なにいってんだよ」

「大丈夫だよ。私は司郎くんの女の子なんだから」

なんていいながら、俺の首の絆創膏をはがす。手を使ってはいけないゲームをしたときにつけられたキスマークがまだ残っている。

「だいぶ薄くなったね」

橘さんが俺の首すじに口をつける。しばらくそうしてから、絆創膏を戻した。

「粘着力が弱くなったな」

「とれないように気をつけてね」

首に残った橘さんの感触が少しくすぐったい。それで、と俺は話のつづきをする。

「橘さんは吉見くんに自分を追いかけるようアドバイスした。逃げるものを追いかけたくなるスノッブ効果を狙って」

「そう。そしたら見事に浜波さんがかかった。かわいいよね。ただの幼馴染みだと思ってた男の子が、本当は大好きな男の子だったって、それで気づくんだから」

浜波はそれが芝居だと知らないから、なんとか吉見くんの気を引こうとして、俺が浜波のことを好きというハロー効果を使う。

吉見くんは気が気じゃない。それでついに俺に声をかけたというわけだ。

互いに小細工をして、見事にすれちがった格好だ。

「ふたりとも不器用なんだよ」

橘さんはいう。

「素直に気持ちを伝えられない」

「両想いだっていってあげるか?」

「もっとドラマチックにしてあげようよ」

橘さんには考えがあるらしい。この女の子がやるといえば、やるのだろう。

「ずいぶんふたりの恋を応援するんだな」

「小さいころにさ、浜波さんは吉見くんのお嫁さんになるって約束した。吉見くんはその約束を今も大事にしてる。ふたりがこのまま結ばれたら、素敵だと思う」

俺と橘さんも小さいころに出会っている。彼女のひんやりとした横顔をみながらそのことを考える。すると橘さんは察したようにいう。

「私は別にいいから」

たしかに橘さんはクールな女の子だ。他人と自分を比べたりしないし、嫉妬もしない。でも橘さんだって素直になれてないところがあるんじゃないのか？　俺はそれが知りたい。

「あのさ、橘さん」

「なに？」

「最近、妹が弁当をつくってくれなくなったんだ」

だから購買でパンを買うようになって、それがきっかけで、早坂さんが毎日弁当をつくってくれるようになった。

「それがどうしたの？」

「妹がつくってくれなくなったのは橘さんが家にきてからなんだ」

「ふうん」

橘さんは妹と連絡先を交換していた。

「考えすぎかもしれないんだけどさ、もしかして橘さん、妹に自分がつくるっていった?」

俺がいうと、橘さんはまた横を向いてしまう。

「司郎くん、私に期待しすぎ」

「そうか。全部俺の勘違いか」

「そうだよ。私が司郎くんのためにお弁当をつくろうとして、でもいざつくってみたら冷凍食品ばっかで、恥ずかしくなって手渡せなくて、そうこうしてるうちに早坂さんがお弁当をつくってくるようになって、そのままいいだせなくなったとか妄想してるとしたら、さすがにそれはちょっと自意識過剰だと思うな」

そういう橘さんは珍しく饒舌で、首すじまで赤くなっている。

「ところで橘さん、実は今日、早坂さんは学校を休んでいて俺は弁当がない」

「ふうん」

「ついでに財布も忘れたから購買でパンも買えない」

「そう」

「なにも食べるものがなくて困ってるんだ」

「私、自分のこと見透かされるの好きじゃない」

橘さんはむすっとしている。

でも——、と橘さんは不本意そうにつづける。

「偶然だけど、一つ余分にお弁当もってきてる……今日だけ、たまたま、偶然」

いいながら橘さんは机の上に置いた自分のカバンから、弁当を二つとりだした。

「私、料理とかあんまりしたことないから。感想とかいらないから。黙って食べて」

そういうものだから、なにもいわずに食べた。

食べ終わったあと、なんとなくピアノをさわってみる。

小学生のころに遊びでおぼえたエリーゼのためにをワンフレーズだけ右手で弾いてみる。

当たり前だけど、下手で、たどたどしい。

「こうやるんだよ」

橘さんがつづきを教えてくれる。

そのとおりに動かすと、俺のスローな右手の演奏にあわせて、橘さんが左手のパートを弾いてくれる。

橘さんはまたすっかりいつもの冷静なテンションに戻っている。

その横顔をみながら思う。

多分、橘さんは毎日俺のために弁当をつくってきて、それを渡さず、俺と早坂さんが一緒に部室に入っていくのを横目にみながらカバンにしまってそのまま帰っていたのだ。

そして橘さんがしまったものは弁当だけだろうか？

もっと大事な気持ちを俺にいわず、心の奥底にしまってないだろうか？

そんなことを考えていると、今度は橘さんが俺の気持ちを見透かしていった。

「明日からはつくってこないから。私は今日だけでいいから」

橘さんは気持ちの抑制が利く、クールな女の子だ。

俺はそんな橘さんの心の奥底が知りたいと思う。でも知らないままのほうがいいような気もして、結局、一緒に鍵盤を叩きつづけるだけだった。

◇

「で、どうすんだよ」

牧がいう。

放課後、帰り道でのことだ。

「早坂と橘と柳先輩、どうやって着地させるんだ?」

牧があまりにしつこいので、俺はすべてを話したのだった。

そしてこのこじれた関係をどうするか、その答えを俺はもうもっている。

「俺と橘さんの関係はこのままつづける。誰にもバレないように。高校を卒業したら俺たちは別れる。橘さんは柳先輩と結婚するし、俺は早坂さんと正式な恋人になる」

「すげえ出口戦略だな。期間限定で二股肯定じゃねえか」

「でも、これなら誰も傷つかない」

世間的にわるいことだとはわかっている。でも現実は道徳の教科書じゃないし、それぞれの気持ちを考えたうえでの妥協というのはこういうもののはずだ。

「まあ、お前と橘がふたりで突っ走ったら周りの人間みんな不幸になるもんな」

牧はいう。

「とはいえバレたときが地獄だけどな。早坂はまちがいなくぶっ壊れるだろうし、先輩だってどうなるか……もっと穏便な方法も考えられるが……」

早坂さんが柳先輩を口説き落として、余った俺と橘さんがくっつく『早坂プラン』だ。

「まあ、そっちのほうが無理か。あの柳先輩が途中で好きな相手を変えるとは思えないからな。それってアメコミのヒーローが悪堕ちするようなもんだし。あ、意外とあるのか？」

「不吉なこというなよ」

それはさておき、と牧はいう。

「隠しとおすっていうその作戦、橘に依存しすぎだろ」

「やっぱりそう思うか？」

「橘なら上手く演技できると思うけどよ、完全な一番タイプだぞ？　むしろそこにしか適性のない女の子だろ。そのうち、しびれを切らすかもしれないぜ」

「そこは橘さんを信じるしかないな。今のところ別にいいっていってるけど……」

「新しい感情に気づくってことだってあるだろ。特に橘はつい最近まで、人を好きになるってどういうこと？　っていってた女の子なんだから」

それをいわれるとなにもいえない。

「それに、どうやって恋人らしいことするんだ？　一緒に登下校もできない、文化祭だってふたりでまわれない」

「とりあえず今日、俺の家にくることになってる」

妹が橘さんを誘ったのだ。

妹はこれを逃したら二度と兄に恋人ができないと思っており、橘さんをつなぎとめなければという使命感にかられている。兄想いな反面、兄というものをぺろぺろに舐めきっている。

「まあ、お家デートならバレないか」

でもなあ、と牧はいう。

「ほんとギリギリ攻めるよな。早坂か柳先輩、どっちかにバレたら即アウト、橘の不満がたまっても即アウト。難易度高すぎだろ」

なんて話をしているときだった。

後ろから呼びとめられる。

「桐島、牧、一緒に帰ろうぜ」

振り返れば――。

柳先輩がいた。

相変わらずさわやかに笑っていて、後ろ暗い俺はそれを直視できない。

「どうした桐島？」

「いや……なにも……ていうか先輩、なんだか楽しそうですね」

「おう。妹ちゃんからメッセージがきてさ」

先輩は俺の妹とも連絡先を交換していたりする。

「それで、今から桐島の家いくんだ」

「え？　今から？　なんで？」

「くるんだろ？　桐島をたずねて、すげえ美人がさ。妹ちゃん、いってたぜ。冷やかしにこいってさ」

桐島もすみにおけないな、と先輩は屈託なく笑っていう。

「早く、会ってみたいよな」

◇

俺と牧と柳先輩の三人は同じ中学の出身で、つまり家が近い。電車通学だから、最寄り駅も一緒だ。ご近所さんだから、妹も柳先輩と仲がいい。

そしてその妹がとんでもないことをしてくれた。

このままでは俺の家で、先輩と橘さんが鉢合わせになってしまう。

事情を知らない妹は、先輩に向かって嬉々として橘さんを紹介するだろう。

――すごいでしょ！　橘さん、お兄ちゃんの彼女なんだよ！　こんなきれいなのに！

そのとき、先輩はどんなリアクションをするだろうか。

地元の駅に向かう電車のなか、吊り革につかまり、俺は頭をフル回転させる。

『なんとかしろ、俺は修羅場に立ち会いたくない！』

牧がそんなアイコンタクトを送ってくる。

先輩は俺たちの気持ちなんか知らず、楽しそうに話しかけてくる。

「このところ受験勉強ばっかで息が詰まってたからな。桐島たちと話せて嬉しいよ。そうだ、せっかくだから桐島の部屋で久しぶりにゲームでもしようぜ」

最高にことわりづらい。

『早く！』

『わかってる！』

俺は牧とアイコンタクトをかわしながら、先輩に話しかける。

「そのお客さんなんだけど、急用で今日はこれないってさっき連絡が――」

「妹ちゃんからメッセージきてるな。『お客さんついたよ～。柳くんも早くみにきて！　ビックリするほどきれいだから！　一緒に遊ぼ！』だってさ。どんな女の子なんだろうな」

ほほ笑ましそうに俺をみてくる。

先輩、どんな女の子か知ったら、その笑顔は消しとぶんですよ、と思う。

ていうか橘さん、もうついたのか。

『橘に帰れって連絡しろ！』

牧がスマホを指さしながらジェスチャーで伝えてくる。

俺は自分のスマホをとりだしてみる。画面が真っ暗だ。それを牧に向かってかかげる。

『ソシャゲやりすぎて充電なくなってたわ』

『桐島、わざとやってる？』

なんてやりとりをしているうちに電車が駅につく。ホームで俺はいう。

「先輩、ちょっとどこかで時間潰しててくれませんか？」

「なんでだ？」

「いや、ちょっと先に戻って部屋片づけようかな、って」

「今さら照れんなって」

ダメだ、これはなにをいっても無駄なパターンだ。

もはや修羅場をやりぬくしかない。

そう思って、あきらめ気味に改札をくぐったときだった。

「早坂さん？」

改札をでたところに、私服姿の早坂さんがいた。オーバーサイズのミリタリージャンパーにショートパンツ、黒いタイツをはいて、首にはマフラーを巻いている。

早坂さんは俺をみつけて小さく手をあげる。

「よかったあ、桐島くんみつけられて」

「なんでここに？　ていうか早坂さん、今日、学校休んでなかった？」

「うん、ちょっと買い物したかったんだ」

手にもっていたビニール袋を恥ずかしそうに後ろにまわす。

「平日に？　休んでまで？」

「うん。あまり人のいないときに買いたかったから……」

限定のお菓子かなにかだろうか。ビニールのなかに茶色い紙袋がみえた。

「それで、なんとなく桐島くんとお話ししたくて、きちゃった。連絡しようとしたけど、全然既読にならないし……帰ろうかとも思ったんだけど、待ってたら会えるかなって……」

「ごめん、スマホのバッテリー切れちゃって」

「うん、そうだろうなって思ってた。桐島くんが私をないがしろにするはずないもん、私を無視するはずないもん、私にひどいことするはずないもん」

「あ、ああ……」

早坂さんの家と俺の家は東京の西と東だ。俺の最寄り駅は教えたことがあるけど、家がどこにあるかまでは知らないから、ずっと改札の前に立っていたことになる。

「あ、牧くんと……先輩もいたんだ！　ゴメン、全然気づかなくて！」

早坂さんが驚いていう。ずっととなりにいたけどな。

「もしかして、三人で遊ぶところだった？」

「桐島の部屋でゲームするつもりだったけど、やっぱ俺、牧とゲーセンいくわ」

そういったあとで、先輩は俺の肩を叩く。

そして小声で、ふたりで楽しんでくれ、という。

「妹ちゃんのいってたお客さん、早坂ちゃんだったんだな」

「えっと……それは……」

「やっぱ桐島は早坂ちゃんか。そうならそうといってくれよ。てっきり俺……」

柳先輩は困ったように頭をかく。

「俺、桐島に謝んなきゃいけないな」

「なんのこと？」

「疑っちまったっていうか、いや、こっちの話なんだけど……受験勉強でつかれてんだな」

多分、俺と橘さんが手をつないでいるところをみたことをいってるのだ。

「桐島、ごめんな。とりあえず今日は牧つれて退散するから！」

じゃあな、といって先輩は牧をつれてさわやかに去っていった。

俺と早坂さんはふたりきりになる。

「話をするんだったら、そこのハンバーガーショップでどう？　最近できた本格派なんだ」

早坂さんは「うん」とうなずく。

これでいい。早坂さんが遠く離れたこの駅まで突然きていることには驚いたが、おかげで助かった。橘さんを待たせることになるが、妹がいるから大丈夫だろう。

俺たちはハンバーガーショップに入って、注文する。しばらくすると、本場アメリカって感じのとても大きなハンバーガーが皿にのってやってきた。

早坂さんはハンバーガーをもってなにやら考えたのち、「そうだ、もう橘さんの真似しなくていいんだった」といって、小さな口でゆっくり食べはじめた。

「桐島くん、知ってる？　橘さんのハンバーガーの食べ方」

「いや、知らない」

「こないだ橘さんと一緒に横須賀にいったんだけどね」

休日、ふたりで港に停泊する空母をみにいったらしい。

「ちょっと待って、それどっちの趣味？」

「私だよ。いってなかったっけ？　いつもミサイルが爆発したり機関銃をバンバン撃ってる動画みてるって」

このタイミングでそんな過激な趣味をカミングアウトしないでほしい。

「それでね、横須賀って米軍の基地があるから、こういう本格的なハンバーガー屋さんがいっぱいあるでしょ？」

「有名だよな」

ふたりで店に入ったらしい。

「背の高いハンバーガーがでてきてね、橘さんどうするのかなって思ってたら、両手でこう、ぎゅ〜って平たくして食べるんだよ。面白いよね」

橘さんは、ハンバーガーは潰して食べるタイプらしい。

「俺、早坂さんと橘さんが仲良くしてる話きくの好きだよ」

それからも俺たちは他愛のない話をした。昨日観たテレビとか、最近観た面白い動画のチャンネルとか。そしてそろそろ帰ろうかと会計をしているとき、それは起きた。

「桐島くん、それなに？」

早坂さんが俺の首をみながらいう。

いつのまにか、絆創膏がはがれていた。橘さんが一度はがしたものだから粘着力が弱くなっていたのだ。当然、あのマークが露出してしまっている。

「えっと、これは蚊に刺されたっていうか、なんというか……」

「………ねえ、今から桐島くんの家いっていい？」

「え？　いや、今日はこれから用事が……」

「家で、柳くんたちとゲームしようとしてたよね？　じゃあ、いいよね」

「女の子をあげるには部屋が片づいてないっていうか……」

「今から桐島くんの家、いくね」

早坂さんはにっこり笑っていう。

「えっと……」

「でないと私、ここで泣いちゃうと思う。また、暗くなっちゃうと思う、壊れると思う」

「あ、うん。じゃあ、いこうか」

そうとしか、いえなかった。

◇

玄関のドアノブに手をかける。

スマホのバッテリーが切れていたから、連絡を入れることはできなかった。

柳先輩が家にくることは回避できた。でも、このままだと早坂さんが橘さんと出会ってしまう。俺の部屋で——。

「どうしたの？　入らないの？」

もう、観念するしかない。

そう思って、やむなくドアを開ける。しかし——。

玄関に、橘さんのローファーはなかった。

もしかしたら、ハンバーガーショップにいた時間が長かったから、帰ったのかもしれない。

「お兄ちゃん、おかえり〜」

妹がでむかえにやってくる。そして、すぐに「え？」と戸惑った顔をした。

「えっと……そちらは？」

俺がこたえるよりも早く、早坂さんが「カワイ〜‼」と妹に駆けより、抱きしめた。

「桐島くん、妹いたんだね！」

「ああ」

「妹さん、あんまり似てないね。桐島くんとちがってひねくれた感じしないし、今どきの女の子って感じでキラキラしてるし、ホントに血がつながってるの？」

早坂さん、ナチュラルにトゲがあるな。もしかして俺にムカついてるのか？　だとしてもまったく不思議ではない。

「私、早坂あかねっていうんだ」

早坂さんは妹に向かっていう。

「お兄ちゃんとお付き合いさせてもらってるんだ。よろしくね！」

「え、ど、ど、どえぇぇ～!?」

早坂さんの胸に顔を圧迫されながら、妹はこちらをみて目を見開く。しかし賢い妹は、なにかしら事情があると察したようだ。

「こんなカワイイ人がお兄ちゃんの彼女なの？　い、意外だな～！」

空気を読んだのか、妹は急に甲高い声でいう。

「し、将来、私がお兄ちゃんの面倒みなきゃいけないと思ってたんだ！　だ、だって、お兄ちゃんには一生彼女なんてできないと思ってたから！　よかった～！」

妹よ、下手な演技をさせてすまない。

俺はそそくさと早坂さんをつれて自分の部屋にいこうとする。

妹のジトッとした視線を感じる。

『あとでじっくり説明してもらうからね』

そんな目をしていた。

「私、男の子の部屋入るの初めて！」

部屋に入るなり、早坂さんは好奇心に目を輝かせる。

「ごめんね、橘さんよりも先に部屋きちゃって。でも私は彼女だからいいよね？」

「ああ、うん」

「ここで桐島くんはいつも勉強したり寝たりしてるんだね。なんか、すごいなあ」

部屋のなかをみまわす早坂さん。

「えへへ。いきなりきちゃったから、クローゼット開けたりベッドの下みたりはしないね」

「よろしく頼むよ」

どうやら助かったっぽい。先に帰った橘さんはあとでフォローしよう。

早坂さんは彼女らしいことができて上機嫌だ。

卒アルをみたり、本棚をみてあれこれいったり、彼女が彼氏の部屋にきたらやるようなことをひととおりする。途中、妹がお茶とお菓子をもってきてくれた。母さんはまだ仕事から帰っていないらしい。

そうこうしているうちに、いつのまにか早坂さんとベッドにならんで座っていた。

なんだかしっとりとした雰囲気で、まあ、彼氏の部屋に彼女がいたら一度はこういう空気になるよな、と思う。

「ねえ桐島くん、その首のやつ……」

「ああ、蚊に刺されたやつね」

「ずいぶんわるい蚊だったんだね。あざになるくらい」

「まあ、そうかも」

「なら、私が治してあげるね」

早坂さんは俺に抱きつくと、くちびるを首すじに押しあててきた。最初、上手く吸えずに苦戦して首をかしげていた。しかし途中でコツをつかんで、強く吸いはじめる。その力は橘さんよりも強く、キスマークというより本物のあざのようになったと思う。

「…………ねえ桐島くん」

「なに？」

「私、女の子が彼氏の部屋に初めてきたらやるようなこと、だいたいやったよね」

「やったな」

「でも普通、彼氏彼女なら、もっとするよね」

「する、かな？」

すっとぼけてみるけど、早坂さんには通用しなかった。

体をすりよせてくる。ショートパンツからのびる太もも、黒いタイツに思わず目がいってしまう。押しつけられる胸元、シャツのボタンがとびそうだ。

「いや、いきなりこういうのは……」

「桐島くん、やっぱり優しいね、私のこと、大切にしてくれるね」

早坂さんは感激したようにいう。

「いつも私のことちゃんと考えてくれてるんだよね。だから、いつもぎりぎりでやめようっていってくれるんだよね。そうだよね、まだ高校生なのに勢いでそういうことしたら、後で大変なことになるもんね。私もそう思う。こういうのは、いきなりやるものじゃないよね」

だからね、私、今日は準備してきたんだよ、と早坂さんはいう。

そういって改札にいたとき手にもっていたビニール袋を手渡してくる。なかの茶色い紙袋、てっきりお菓子かなにかと思っていたが……入っていたのは……。

「早坂さん、これ……」

極薄。

〇・〇三ミリ。

コンドームだった。

「あとね、私ね、体温測ってるんだ」

「体温？」

うん、と早坂さんはうなずく。体温の周期によると――。

「私、今日は大丈夫な日なんだ。だから桐島くんがしたかったら、なくてもいいよ」

◇

早坂さんが学校を休んだのは今日、人のいない時間に薬局でこれを買うためだったのだ。

「すっごく恥ずかしかったんだよ。店員さん、男の人だったし……」

そういいながら、早坂さんは顔を赤らめ、ベッドの上に身を投げだしている。

本当に、好きにしていいよ、って感じの体勢だ。

「桐島くん、明るいと恥ずかしいよ……」

いわれるままに俺はカーテンを閉め、電気を消してしまう。ここは学校じゃなくて、俺の部屋で、コンドームだって準備されてるし、早坂さんは完全にできあがっている。

「私、全部が橘さんに負けてるわけじゃないと思うんだ。体は……勝ってると思うの。男の子たちがそういうことといってるの、よくきくし……みんな、すごいみてくるし……」

今ここで、早坂さんとそういう行為をしない理由を探すほうが難しい。

「ねえ桐島くん、私のこと好きだよね？」

「もちろん好きだ……」

「だったら、こういうことしないほうがおかしいよね……？　それとも私、魅力ない？」

俺は酒井のいっていたことを思いだす。

そういう行為をするのは、相手への最大の肯定で、俺は早坂さんを肯定したい。

「早坂さんは魅力的だよ……」

「だったら……してほしい……桐島くんが私のこと好きなら……したいなら」

恥ずかしそうに口元を押さえて視線を横に流す早坂さん。色っぽい表情、乱れた服、ショートパンツから伸びる太もも。どうぞ好きにしてください、というポーズ。

気づけば、俺はベッドの上で早坂さんに覆いかぶさって、キスをしていた。

早坂さんの湿った口が、俺の舌を包み込んでくる。当たり前のように、俺を受け入れる。

「ん……んん……あぁっ……はぁ……」

早坂さんの口の端から吐息が漏れる。

抱き合ったり、舌を入れ合ったりする。そのうちに、だんだんと体の境界が曖昧になっていく。好きだから、その感情をもっと押しつけたくて、知ってほしくて、体のいろんなところを重ねようとして、押しあてる。胸とか、腰とかを気持ちのままに互いに——。

俺は早坂さんの弾けとびそうになっているブラウスのボタンに手をかける。一つ一つ外していく。早坂さんの豊かで白い胸元が露出する。

下着はレースだった。大人っぽくて、背伸びしている。でも、かわいらしい薄いピンクなところが、やっぱり早坂さんという感じがする。

「……さわっていいよ」

いわれて、ブラジャーの上に手をあてる。硬い布地の向こうがわに、たしかにやわらかいものの存在を感じた。

「桐島くん……もっとぉ……もっと、さわって……もっとぉ……」

俺は背中に手をまわす。ホックが外れる。ブラジャーのなかに手を入れる。早坂さんの胸は俺の手に吸いつくように形を変える。手ごたえのあるやわらかさ。

クラスの男子たちが一度は想像したであろう、早坂さんの体を自由にしている。

「桐島くんの好きにしていいよ、桐島くんだからいいんだよ、桐島くんの好きにされたいの」

キスをしながら、胸をさわる。

手のひらに、小さな突起があたる。それはすぐに硬くなり、屹立する。

「桐島くん……やぁ……それ、やぁ……ちがうの……やめないで……もっとぉ……」

早坂さんはまるで幼児みたいに甘えながら、体を小さく痙攣させる。息が荒くなって、頬が上気しはじめる。なにかを欲しがるように喘ぎながら舌をだすから、俺はまたキスをする。

俺は早坂さんが好きで、それをもっと知ってほしくて、もっと高まってほしくて、黒いタイツに包まれた太ももをさわる。でも、このタイツ、じゃまだ。

「桐島くん……いいよ……いいんだよ」

早坂さんが恥ずかしそうにしがみついてくる。俺はデニムのショートパンツをさわる。その厳重な生地の硬さの向こう側に意識がいき、ボタンを外し、ジッパーに手をかける。

「……恥ずかしいよぉ」

早坂さんが俺の胸に顔を押しつけてくる。湿った吐息が熱い。

俺はショートパンツの前を開け、そのなかに手をすべり込ませる。その瞬間だった——。

「やだ、うそ、桐島くん、ちょっと待って！　こんな、うそ……」

早坂さんがあわてて俺の手をつかんでショートパンツのなかからだす。

俺の指先はしっとり濡れていて、かすかに糸を引く。それもそのはずだ。下着とタイツの上からでもわかるほど、早坂さんのそこは熱く湿っていたから。

「桐島くん、ちがうの、これは……これじゃあ私、はしたない女の子みたい、やだ……」

早坂さんは枕に顔を押しつけ泣きそうな声でいう。

「恥ずかしいよ……こんなになって……私、そういう女の子じゃないよ」

「俺、嬉しいよ」

「桐島くんだからだよ、桐島くんだからこうなっちゃうんだよ。桐島くんだから……」

早坂さんがあまりに恥ずかしがるものだから、俺たちは頭まで布団をかぶる。

真っ暗になって、抱き合って、体をさわり合う。早坂さんはやっと体の力を抜く。俺たちはまたやりなおすみたいに、キスをして、抱き合って、体をさわり合う。熱は全然冷めていなくて、すぐに俺たちは盛り上がって、布団のなかに熱がこもったところで、早坂さんが俺のシャツを脱がせはじめる。

「これ、すごく気持ちいい、安心する……」

早坂さんは俺に抱きつき、背中をさすりながらいう。

互いの肌と肌がふれ合って、体温を感じる。すごく温かくて、溶け合うみたいで、存在と存在が直にふれ合ってるみたいで、たしかにとても安心する。肌を重ねるってすごくいい。

「ねえ桐島くん……また、さわっていいよ……」

「いいのか？」ときくと、早坂さんは俺の胸に顔をあてながらこっくりとうなずく。

俺はさわりやすいよう、布団のなかでショートパンツとタイツを脱がして、早坂さんを下着一枚だけにする。それから早坂さんの太もものあいだに指をすべり込ませ、下着の薄い布地を指で撫でる。やはり熱く湿っている。

少しさわっているだけで、湿り気はどんどん増し、やがて布越しにもかかわらず、ぴちゃぴちゃと水音がするほどになる。

「やだぁ……恥ずかしくしないでよお……恥ずかしくしないで……」

早坂さんが面白いくらいに反応するから、俺はそういう気持になって、もっとさわる。

「ダメだよ桐島くん……わたし、変になっちゃうよ……」

そういいながら、早坂さんは腰を浮かせて俺の指にそこを押しあててくる。

俺は指を動かしながら、キスをして、首筋を舐め、耳に舌を入れる。早坂さんは嬌声をあげつづける。どれくらいそれをつづけただろうか。やがて早坂さんの体が緊張しはじめる。

「きりしまくん……きりしまくん……きりしまくんっ……！」

早坂さんは腰が浮き、足がつま先までピンと伸びる。

「桐島くん、好き、すき、すき、すき、すきぃっ！」

ひときわ甲高い嬌声をあげ、早坂さんは二、三度体を痙攣させた。

シーツをつかみ、荒い息で呼吸する。

俺は早坂さんの姿をよくみたくて、布団をとりはらう。

「やぁ……みないでぇ……」

ベッドに横たわる体は白く、なまめかしい。肌がうっすら汗ばんでいる。髪をひとたば、口にくわえて、乱れた姿。

薄いピンクだった下着は、今は濃いピンクだ。そのあたりのシーツが淫らに濡れている。

「桐島くん、やだぁ……」

そういう早坂さんを抱きしめて、キスをする。舌で口のなかをまさぐれば、早坂さんもすぐにスイッチが入って、俺にしがみついてきて、腰をこすりつけてくる。

俺は完全にその気になる。早坂さんも、

「しようよ……彼氏彼女がすること、しよ……」

と、蕩けきった表情で懇願してくる。

俺は机の上に置かれたコンドームに目をやり、ベルトのバックルを外そうとする。

でも、そのときだった。

なぜか俺の頭のなかで今日の出来事がフラッシュバックした。

冷静になり、まるでパズルのピースがはまったみたいに、今の状況が整理される。

そうなったら、もう最後までするわけにはいかなかった。

「……今日はここまでにしておこう」

俺は体を離す。

「……え？」

早坂さんはなにが起きたかわからない様子だ。

「なんで？　なんで？　なんでなんで？」

状況の変化に頭が追いついていない感じだ。でも俺がこれ以上する気がないとわかると、みるみるうちに目に涙をためた。

「なんで……なんで、してくれないの？　やっぱり私、そんなに魅力ない？」

「そんなことない」

「私、橘さんにはほとんど負けるけど、体だけは勝ってると思う。それでもダメ？　どこがダメ？　私、なんでもするよ？　それとも私のこと、好きじゃない？」

「好きだ」

「だったら、なんで……なんでしてくれないの？」

それでも俺はそれ以上するわけにはいかなかった。

早坂さんはしばらく放心していた。そして、ぽつりとつぶやいた。

「…………ひどいよ、桐島くん」

布団にくるまり、虚空をみつめながらいう。

「ここでやめたら……私、本当にバカみたい……」

「……ごめん」

「………私、帰る」

早坂さんは散乱した服をつかみ、沈んだ表情で着ていく。失望して、傷ついている。

本当はいってあげたい。俺は早坂さんとしたかったし、次にちゃんとした状況があれば必ずするから、と。でも、今はいえなかった。

「俺、早坂さんのこと好きだ。本当だ」

「もう、信じられないよ……」

「どうしたら信じてくれる？　その、そういうことをする以外で……」

「じゃあ、いってよ」

「なにを？」

「橘さんより好きって、いってよ」

早坂さんの、俺を試すような質問。俺は彼女を少しでも慰めたくて、いう。

「俺、早坂さんのこと好きだよ、橘さんよりも」

一瞬、早坂さんの顔に光がさす。でも――。

「やっぱムリだ……だって、恥だもん。ここまできてしてもらえないとか、女の子だったら誰でも傷つくよ……」

もう帰る、見送らなくていいから、と服を着終わったところで早坂さんはいう。

「もう桐島くんにあわせる顔ないよ。ごめんね、魅力ない彼女で。ごめんね、ダメな彼女で」

早坂さんは前髪で表情を隠す。

「当分、会うのやめよ。私、となりにいる自信ないし」

そういうと、部屋をでて階段をおり、そのまま足早に帰ってしまった。

やっぱり傷つくよな、と思う。

俺だってできることならしたかった。

でも、できない理由があった。それに気づいてしまったのだ。

俺はクローゼットの前に立ち、扉をあける。

なかにいたのは――。

「終わった？」

橘さんだった。

ハンガーの服の下、狭いスペースに制服姿でローファーをもって体育座りしている。

「さてと、いろいろということはあるけど――」

橘さんはおもむろに立ちあがっていう。なにを考えているかわからない表情。

「でもそうね、とりあえず、もう一回いってみて」

「なにを？」

「最後に早坂さんにいったやつ。もう一度ききたいから。一言一句、そのままで」

橘さんの青白く燃えるような瞳のプレッシャーに負けて、俺はいう。

「俺、早坂さんのこと好きだよ、橘さんよりも——」

その瞬間だった。

視界に稲妻が走った。

数秒遅れて、それが橘さんのビンタだったとわかる。

とてもいい音がして、頭の奥に響いて、口の端が切れて血がでた。

橘さんは俺をにらみつけていう。

「嘘でも、二度といわないで」

第15話　不道徳ＲＰＧ

橘さんは今、湯船に浸かっている。まさかの、俺の家の風呂だ。

なぜこうなったのか。

橘さんからビンタをもらったあと、母が帰ってきた。そして橘さんをみた母がいったのだ。

「せっかくだから晩ご飯食べていかない？」

そこに妹が口をはさんだ。

「橘さん、泊まっていきなよ。一緒に遊ぼうよ」

意外にも橘さんはこっくりとうなずき、いそいそと家に連絡を入れた。門限があっても、友だちの家に泊まる場合はセーフ。よくあるやつだ。当然、俺は女友だちという設定になった。

こうして橘さんは桐島家に一泊することになり、我が家の風呂に入っている。

不思議な状況だ。とても非日常的といえる。

一つ屋根の下に、橘さんがいるなんて――。

俺は今、リビングでこたつに入っている。晩秋のこたつもなかなか趣深い。

「夜通しガールズトークしながら遊ぶんだ！」

妹がそんなことをいいながら、据え置きのゲーム機を準備している。

母は台所で上機嫌に鼻唄をうたっている。

晩ご飯は母が橘さんに料理を教えながらつくった。

「息子の彼女とこういうことしてみたかったのよ。夢がかなったわ、ありがとね」

そんな母のとなりで、橘さんは照れくさそうに里芋の皮をむいていた。

「今度は一緒に買い物もいきたいわね」

「はい……」

返事をした橘さんは少し複雑そうだった。期間限定の彼女であることを後ろめたく思っているのだ。でも、いきたそうだった。

「司郎の服もなんとかしないとね。あんなのとデートしてたら格好つかないでしょう？」

「そうですね。もうちょっとあか抜けてほしいですね」

「センスがないのよ、センスが」

「司郎くん、オシャレをしないことがオシャレって思う、ひねくれたタイプですからね」

俺をだしにして、楽しそうに会話をしていた。

母は早坂さんのことを知らないから呑気なものだった。

一方、妹はどちらとも顔を合わせ、事情を完全に把握している。

「妹よ」

せっせとゲームの準備をする妹に声をかける。

「橘さんと早坂さん、ふたりについてどう思う？」

「お兄ちゃんにはどっちももったいないね」

「兄の彼女でいてほしいのはどっちとかあるか？」

「うわ、自分で選べないからって妹に選ばせようとしてる？　最低！　男のクズ！」

といいながらも兄想いの妹はう〜ん、う〜んと唸りながら考えてくれる。

「やっぱ選べないよ。しいていうなら、ふたりとも私のお義姉ちゃんになってほしい」

「欲張りだな。そして、お前はまちがいなく俺の妹だよ」

なんて会話をしていると、お風呂上がりのしっとりとした橘さんが部屋に戻ってきた。

俺のジャージを着ている。手足が長いから、母や妹のではサイズがあわなかったのだ。

「橘さん、遊ぼう！」

「うん」

橘さんが一瞬、俺をみる。でもすぐにフイと横を向いてしまう。ビンタ以来、口をきいてくれない。相当怒っている。

「お兄ちゃんジャマ、どいてどいて」

いわれて俺はこたつを譲りわたし、自分の部屋に撤収した。

ベッドに寝ころんで、読みかけだった海外ミステリーを読む。いつもと変わらない夜になってしまった。せっかく橘さんが一つ屋根の下にいるのに、完全に母と妹にもっていかれている。

まあ、直前まで俺がしていたことを考えれば仕方がない。

ページをめくるうちに眠くなってくる。しばらく、うとうととまどろんでいたら、扉をノックする音で覚醒した。

「どうぞ」

入ってきたのは橘さんだった。

「妹と遊んでたんじゃないのか」

「今はお風呂入ってる」

橘さんはなにかいいたそうな顔をしながらも、ちょっと不機嫌そうな顔で突っ立っている。

「どうした？」

「別に……」

いいながら、自分の肩に鼻をあて、スーっと息を吸い込む。

「いや、ジャージから俺のにおいなんてしないから。柔軟剤の香りしかしないから」

「相変わらず司郎くんはつまらないね」

いいながら、橘さんはテーブルに置かれた茶色い紙袋に手を伸ばす。

早坂さんが置いていったコンドームだ。

「これ、どうやって使うの？」

橘さんは手にもったスマホで、それの使い方と、なにに使うかを調べはじめる。当然、その行為についても検索を始める。恋愛キッズがまた一つ大人の階段をのぼるときだ。

どんな行為か動画で確認しようとしたのだろう。

スマホから女の人の喘ぎ声が漏れてきた。

しばらくのあいだ、橘さんはくいいるように画面をみつめていた。

「橘さん、鼻血でてるぞ」

「……うん」

結局、その行為の最初から最後までをしっかりみたのだった。

橘さんは頭から湯気をだしながらいう。

「いや……これ……キスより先があるのはなんとなく知ってたけど……」

「少女漫画でも過激なやつはそういう描写あるだろ」

「私はかわいいやつしか読まないの！」

顔を赤くしながら珍しく声を大きくする。

「信じられない……さっき早坂さんとこういうことしようとしてたんだ……」

「まあ」

「私、早坂さんにマウントとられたことがある。司郎くんと親しい行為をしたって」

「最後まではしてないから……今日もだけど……」

橘さんは次々にいかがわしい動画をみていく。立ったまま、指でパッパッと動画を送って、目をグルグルさせたり、足をむずむずさせたりする。

「こ、このあいだ応用編のゲームで司郎くんと抱き合ったとき、私が腰を浮かせてたの、こ、こういうの意識してたわけぢゃないからっ！　か、勝手にそうなっただけだからっ！」

「それはそれで、俺としては、まあ――」

俺がいうと、橘さんがスマホを投げつけてくる。

あまりそこに言及しないほうがいいみたいだ。

「こ、これ……大人のすることでしょ」

橘さんはわかりやすく動揺している。

「私、司郎くんのこと好きだけど、これはちょっと……まだ、心の準備が……」

「それでいいんだよ」

「よくないよ。だって、私は恥ずかしくてできないけど、司郎くん、早坂さんとそういうことするつもりなんでしょ？　それってさ……ごめん、なんだろうこの気持ち、上手くいえない」

橘さんは考えこむように眉間にしわを寄せる。

「あんまり認めたくないな、こういう気持ちが自分のなかにあるの」

橘さんはコンドームを紙袋のなかに戻す。そしてひと息ついてから――。

「ねえ司郎くん、やっぱりさ」

「なに？」

「後夜祭のベストカップル選手権、一緒にでようよ」

「急にどうした？」

それは以前、恋愛ノートのゲームをして決着した問題のはずだ。

ごめん、と橘さんはいう。

「私と司郎くんがちゃんと付き合ってたっていう思い出、欲しくなった」

「橘さん……」

「わがままいいたい」

「でも、いくらなんでも俺と橘さんでカップル選手権に出場するのはまずいだろ」

「脱出ゲームの景品だったら大丈夫だよ。企画の一環だし、私、お化けの格好してるし、笑いですむよ」

すむだろうか？

柳先輩も早坂さんも、いくらお祭りとはいえなにかしら感じるんじゃないだろうか。

「私さ、一度でいいから堂々と司郎くんの恋人でいたい。文化祭のステージの上で、恋人としてふるまえたらすごく素敵だと思う。その思い出があれば、司郎くんが早坂さんと、ああいう、すごくいかがわしい行為してても我慢できる気がする」

「いや、しかし……」

もう決めた、と橘さんはいう。

「私、景品になる。司郎くんがきてくれなかったら、どこの誰かもわからない男子と出場する。それでも司郎くんはいいの？」

「よくないけどさ」

一度くらい恋人らしい思い出が欲しいという橘さんの気持ちはわかる。

文化祭のステージなら、印象的でもある。でもそれをしてしまったら早坂さんは壊れてしまいそうだし、なによりさすがの柳先輩もごまかしきれない。

「わかった、橘さん。そこまでいうなら――」

俺は机の引き出しから一冊のノートをとりだす。

男女が仲良くなるためのゲームが多数収録されている、恋愛ノートの禁書だ。

「もう一度、ゲームで勝負しよう。俺が勝ったら、橘さんは出場をあきらめる。橘さんが勝ったら、俺はカップル選手権に出場する」

この提案をきき、橘さんはあごに手をあてて考える仕草をしてから、「いいよ」という。

「私が勝ったら絶対、一緒にステージに立ってよ」

「わかった」

「で、どんなゲームをするの？」

いわれて俺はページをめくり、ゲームを選ぶ。

「これなんてどうだ？　不道徳ＲＰＧ」

当然、それは普通の人が連想するRPGではない。

橘(たちばな)さんはノートに目をとおし、「これでいいよ」という。

「ダイレクトなことは、その、恥ずかしくてできないけど、ゲームだったらそれを言い訳にしてできるから……」

これ、勝負というより、ただイチャイチャするだけになるんじゃないのか？

いずれにせよ——。

「とりあえずやってみるか」

「やってみよう」

不道徳ロールプレイングゲーム。

そういう流れになった。

◇

RPGを直訳すると、ロールプレイングゲーム(役割を演じる遊び)となる。

多くの人が連想するRPGも、ファンタジー世界で勇者という役割を与えられたキャラクターを操作して遊ぶところからそう呼ばれるようになっている。さて——。

恋愛ノートに収録されている『不道徳RPG』は言葉のとおり、男女二人がそれぞれの役割を演じて遊ぶゲームだ。つまりはごっこ遊び。

執事とお嬢様、メイドとご主人様などが考えられるが、ゲームのコツとして、役割が不道徳であればあるほど盛り上がると書かれている。

「恥ずかしくなって役割を演じきれなくなったほうが負けだな」

「ごっこ遊びで我に返るのは興ざめだものね」

俺が執事で橘さんがお嬢様をしているときに、俺が『お嬢様』といわず、『橘さん』と呼びかけたりしたらアウトということだ。

「それで、どんな役割にする？」

執事やメイドにすれば、イメージが定着しているから演じやすいだろう。でもそれだと勝負がつかなさそうだ。

「背徳感のある役割がいいんでしょ？」

「そうなんだが――」

俺たちはいくつかアイディアをだしていく。社長と秘書、少年とお姉さん、コーチと選手、女王陛下とスパイ……。

しかし、どれもしっくりこない。どうしたものか、と考える。そのときだった。

橘さんの視線が机の上に注がれている。そこには、犬の首輪があった。飼っている柴犬のひかりが大きくなったときに、散歩で使おうと用意したものだ。

「橘さん、まさか……」

「決まりだね」

やろう、と橘さんはいう。

「犬と飼い主」

俺はごくりと唾を飲み込む。

橘さん、やっぱり天才だ。これ、絶対すごいことになる。そんな予感がする。

「それで……どっちが犬をやるんだ？」

「私」

「いや、さすがにそれは申し訳ないだろ」

「このあいだは司郎くんに足舐めさせちゃったし。今回は私が犬になる」

ジャージじゃ雰囲気でないから、といって部屋をでていく。

戻ってきたとき、橘さんは制服に着替えていた。

どういう雰囲気？　って感じだが、つまりはそういうことだ。

橘さんがみずから首輪をつけ、俺はそこにリードをつける。

女子高生に首輪をしてリードを引くという、とんでもない構図ができあがった。

「まずはお試しに少しだけやってみようか」

「そうね。軽めにやってみましょう」

おずおずと、リードを引いて部屋のなかを一周してみる。橘さんは四つん這いで、俺の後ろを犬のようについてきた。なにかに目覚めそうだ。

少し恥じらいのある橘さんの表情もいい。

つづいて俺はベッドに腰かけていう。

「お座り」

しかし橘さんは四つん這いのままフンと鼻を鳴らして横を向いた。

「橘さん？」

こたえることなく、その姿勢から俺にとびかかってくる。俺がベッドに倒れ込んだところ、馬乗りになってくる。そして犬の前足のように丸めた手で、ぐいぐいと俺の頬を押してきた。

「こ、こら！」

「私、わるいワンコだから」

なおもグイグイしてくる。これでは大型犬に懐かれて、ひっくり返って泣いている子供みたいだ。

「大人しくしなさい！」

「イヤ」

いいながら、橘さんは俺の首筋に噛みついてくる。

早坂さんがキスマークの上書きをしたところだ。

「イタタタタタ！」

甘噛みなんかじゃない。本気で、血がにじんで歯形が残る噛み方だ。

「わるいワンコだな！」

そうだよ、と橘さんはいう。

「私、わるいワンコだから、ちゃんと叩いて、叱って、しつけてよ。そうすれば、ご主人様のいうことは全部きく従順なワンコになるよ」

そういう橘さんの瞳はどこか切なげで、なにかを期待している。

俺にはわかる。俺たちは今、線上にいる。俺と橘さんの関係が、本物の飼い主と犬になる線上だ。

「早くしつけないと、わがままで噛み癖のあるワンコになるよ」

なおも首を噛もうとしてくる橘さん。

だから俺はやむなく、仕方なく――ついにその一線を越えた。

「こら！」

いいながら、おしりを叩く。橘さんの体がかすかに震えた。

「わん」

橘さんが、色っぽい声で鳴く。

それでもまだ首筋のあたりを狙うように鼻をスンスンするので、もう一度叩く。

「わん」

また、鳴いた。橘さんの頰が赤く染まる。

「ひかり犬は早坂犬の匂いを消したいんだな？」

「わんっ、わんっ」

「気持ちはわかるが、飼い主を傷つけたらダメじゃないか」

ちゃんとしつけるために、さらにおしりを叩く。橘さんがまた色っぽく鳴く。その声で俺は変な気分になって、もう一度叩く。すると橘さんは喜色の混じった声で、また鳴く。

橘さんはもう女子高生じゃない。わるいワンコなのだ。

だから俺は何度も叩いた。そのたびに橘さんは頰を赤くし、息を荒らげていった。わんという鳴き声が、「あ」とか、「あぁん」といった甘い吐息のように感じたのは気のせいだろう。

そして――。

「くぅん」

しつけのできた橘さんは、さっき嚙んだ俺の首すじをぺろぺろと舐めはじめた。

「飼い主の頰をぶっ叩いたりもしたろ。あれもダメだぞ」

「くぅんくぅん」

またごめんなさいをするように、さっきのビンタで切れた俺の口の端をぺろぺろと舐める。

「何度も叩いてわるかったな」

俺は橘さんを抱きしめていう。

「もうわるいことするなよ」

「わん！　わん！」

橘さんは俺に抱かれ、尻尾をふるように体を喜びで震わせる。

なかなかかわいい雌犬じゃないか。

「よしよし、いい子になったな」

俺は橘さんの頭を撫でてやる。橘さんは嬉しそうに「わん、わん！」と鳴く。いい感じに役に入れてきた。そして、なんだろう、ダメだとはわかっているのに——すごくいい。

「じゃあ、そろそろ本格的に始めるか」

「わん！」

「素に戻ったほうが負けだからな」

「わん！」

こうして犬と飼い主の不道徳ＲＰＧが始まった。

◇

ふたたび部屋のなかをくるりとまわってみる。四つん這いのひかり犬が従順についてくる。

それから俺は椅子に腰かけていう。

「お座り」

ひかり犬は、今度はちゃんとお座りをした。しつけができたようだ。

「お手」

丸めた右手がさしだされる。

「おかわり」

丸めた左手がさしだされる。

「ごろん！」

橘さんはお腹をみせて床にころがる。「よしよしよしよし」と、俺はそのお腹を撫でて、髪をくしゃくしゃごしごしする。橘さんが嬉しそうに鳴く。

「わんわん！」

橘さんは体を起こし、俺の顔を舐めてくる。俺もひかり犬の口元を舐め返す。こういうスキンシップをライオンにして、顔を噛まれた動物愛好家もいるが、ひかり犬はアホなライオンとはちがう。従順でかわいい雌犬なのだ。たっぷりとかわいがってやらなければいけない。

ひとしきり舐め合い、じゃれあったあと俺は思う。

「ひかり犬よ、もしかして、のどかわいてないか？」

「わん！」

「ちょっと待ってろよ」

俺は台所にいき、首をかしげる母をしりめに、ひかり犬が飲みやすいように浅い皿を選んで牛乳をいれる。部屋に戻ると、同じ姿勢のままひかり犬が待っていた。

「待てといったからそのまま待っていたのか」

「わん！」

「ひかり犬はいいワンコだな！」

「わんわん！」

皿を置くと、ひかり犬は口をつけて飲みはじめた。俺はその背中を撫でる。すらっと伸びる手足、きれいな毛並み、ひかり犬は本当に美しい。俺はこのひかり犬をもっと自分のものにしたいという衝動に駆られる。

ここまで懐いているのに、もっと俺のものにしたい。

俺はひかり犬を抱きしめる。

「口の周りにこんなに牛乳つけて」

ひかり犬の口の周りを舐めとってやる。すると嬉しそうに舐め返してくる。ひかり犬をしつけたいという衝動のまま、俺は全身でスキンシップをとり、じゃれ合った。時折、ひかり犬は切なそうな鳴き声をあげていた。

しかし自分の愛情をぶつけてばかりではいけない。ひかり犬だって、犬としてやりたいことがあるはずだ。だから、俺はいう。

「お散歩いくか」

「わん！」

「外に」

ひかり犬は少し顔を赤くし、もじもじしたあと、小さくワンと鳴いた。

「ちょっとコンビニいってくる」

台所にいる母に声をかけ、ひかり犬がみつからないように外にでる。さすがに二足歩行になるが、首輪とリードはちゃんとしている。

「近くに大きな公園があるからそこにいこうか」

歩きだそうとするが、ひかり犬は鼻をスンスンしながら反対の方向にいこうとする。リードを引っ張るけど、なおも反対方向にいこうとする。

「さてはまたわるいワンコになってるな」

俺はひかり犬のおしりを叩く。するとまた従順になり、ぴったりと俺に寄り添って歩く。叩かれて少し嬉しそうだったのは俺の勘ちがいだろう。

「よしよし、いい子だ」

首のところをわしゃわしゃと撫でてやると、ひかり犬は気持ちよさそうに目を細めた。

制服姿に首輪をして、リードにつながれた、かわいいワンコ。

夜の街を、幹線道路沿いに歩く。

もう遅いから人通りは少ない。時折、車が通り過ぎていく。

誰かにみられたらどうしよう、なんて考えるはずがない。なぜなら俺は一〇〇パーセントの飼い主で、ひかり犬は一〇〇パーセントのワンコなのだから。お散歩という当然の行為をしているにすぎない。恥じることはなにもない。

ひかり犬は少し大人しい。家では元気いっぱいだけど外ではシャイ。内弁慶なワンコだ。

酔っ払いとすれちがうとき、ひかり犬は俺の背中に隠れた。

「まったくかわいいやつめ」

頭を撫でてやると嬉しそうに目を細め、もっと撫でろと頭をさしだしてくる。気が済むまで、いっぱい撫でてやった。

総合運動公園につく。

体育館や野球場もあるから昼は賑わっているが、夜だから人気はない。ランナーがひとり走っているくらいのものだ。

木々が茂る遊歩道を歩き、奥にある芝生の広場につれていってやると、ひかり犬は四つん這いに戻った。リードを外して自由にしてやる。

「ボール遊びでもするか」

「わん！」

家からもってきたボールをぽんと下手で投げる。ひかり犬はころころと転がるボールを追いかけていく。しかし、いざボールをくわえようとしたところで、首をかしげる。

ひかり犬はハンバーガーを潰して食べるタイプの、口の小さなワンコだ。迷ったあげく、鼻でころころと転がしてボールをもってきた。賢いじゃないか。

「よ〜し、よしよしよしよし！」

「わん！　わん！　わん！　わん！」

ひかり犬を撫でまわし、ご褒美にベビーチョコをあげる。ひかり犬は手のひらにのせたチョコを器用に舐めとって食べた。

ボールを投げて、転がしてもってくる。何度も繰り返す。不思議だ。ひかり犬はただの犬なのに、四つん這いで尻尾をふりながら歩いているその姿が、妙に色っぽくみえる。

そんなことを考えているうちに、ボールを遠くに投げすぎてしまう。

「一緒に拾いにいくか」

「わん！」

芝生の上を歩いて、公園の奥へ奥へと入っていく。ボールをみつけ、拾いあげたところで人の声がきこえてきた。みれば、ベンチで若い男女が抱き合っている。彼らは俺たちに気づくと、気まずそうに乱れた服をなおしはじめた。

若い男女はもう一度俺たちをみて、驚きの声をあげる。

「あれ、ペットプレイじゃないか⁉」

「ホントだ、首輪つけてる……しかも制服……」

「女の子をああやって四つん這いにさせて、いろんなとこ舐めさせるんだろうな」

「友だちがやったことあるんだけど、すごい快感らしいよ。支配欲と、支配されたい欲が止まらなくなって、飼い主側はいっぱい愛情注ぎたくなるし、犬側はとにかく服従したくなるんだって。盛りあがるらしいよ」

「やけに詳しいな。やったことあるんじゃないだろうな」

「あるわけないじゃん。でも、私たちもやってみようよ」

そういいながら、若い男女は足早に去っていった。

ペットプレイ？　やれやれ、これだから夜の公園にいるような不健全なカップルは。

俺は飼い主として犬を散歩しているだけだ。愛犬家として愛情をたっぷりと注いでいるにすぎない。有史以来、種族を越えて友人として生きてきた人と犬との美しい姿そのままであり、ペットプレイだのなんだのと不埒なものと同じにしてもらっては困る。

俺とひかり犬は純粋な飼い主と犬の関係なのだ。

「まったく、あの若い男女はなにをいってるんだろうな。あと、ここでなにしようとしてたんだろうな！」

「わんわん！」

もしこれが制服の女の子に首輪をつけていかがわしいあれこれをしているようにみえるのだとしたら、それはみるものの心が汚れているのだ。とはいえ――。

「ひかり犬は、俺に支配されたい欲なんてあるのか？」

俺はきく。万が一だ。万が一にも、さっきの男女がいっていたような願望がひかり犬にあるのなら、それに精一杯こたえてやらなければいけない。それが飼い主というものだ。

「…………わん」

ひかり犬は恥じらいながらも、肯定した。

「叩(たた)いて叱って、しつけられたいのか」

「わん」

「飼い主のなすがままになりたいのか」

「わん！」

「俺はお前になにしてもいいのか？　めちゃくちゃにかわいがってもいいのか？」

「わん！　わん！　わん！」

「ごろん！」

ひかり犬は頬を上気させながらお腹(なか)をみせてゴロンする。その目は、なにかしらの期待に満ちている。本当に、なすがままじゃないか。この、この――。

「エロ犬め！」

そんな気持ちになって、俺は橘さんのうえに覆いかぶさって、組み敷いた。

俺はもう頭がバカになっていた。体の下にいるのが飼い主に絶対服従するかわいいワンコなのか、はたまた首輪をつけた橘さんなのか見分けがつかない。境界が曖昧だ。

でも衝動のままに、ひかり犬の手を押さえつけ、足のあいだに太ももを入れる。

ひかり犬はクウンと不安そうに鳴くが、そんなのポーズでしかなくて、重ねた体からは期待に高鳴る鼓動が伝わってくる。目の焦点があってなくて、ひかり犬もまたバカになっている。

手始めに、ひかり犬の口のなかを乱暴に舐めまわす。歯の裏から、口の奥まで。ひかり犬は息苦しそうに悶えるが、表情は恍惚として、喘ぎながら息をする。

「ちゃんとしつけないとな」

ひかり犬がこれまで俺にやってきたことをやり返す。耳に舌をつっ込んだり、首筋にキスマークをつけたり。しかも全部ちょっと乱暴にする。ひかり犬はそのたびに少しだけ抵抗する動きをみせるが、悩ましげな表情の下で喜んでいるのがわかった。

俺はひかり犬を思うがままにしたいし、ひかり犬は俺の思うがままになりたい。でも俺はもっとひかり犬を俺のものにしたいし、ひかり犬はもっと俺のものになりたい。

そんな気持ちを感じて、俺は足のあいだに入れた太ももに少し力をこめる。そしてひかり犬の顔をがっちりと手で固定する。

「めちゃくちゃにかわいがってやるからな」

「わ、わんんんん……」

「犬が服なんか着てちゃいけないじゃないか」

俺はリボンタイをほどく。橘さんの息が荒くなる。ブラウスのボタンを外していく。肌があらわになり、白くきれいな鎖骨を舐めあげる。橘さんは「わん」と切なげに鳴く。さらにボタンを外していく。スカートもたくしあげる。白い太ももが露出して、橘さんは恥ずかしそうに身をよじる。でも俺が太もものあいだに足を入れてるから、逃げられない。

今夜はキャミソールを着てなくて、下着は薄い青で、乱れた姿は美しい。

「わん、わん」

橘さんは恥ずかしさを隠したいのか、犬としての本能なのか、俺を舐めはじめる。俺の口のなかに舌を入れ、情熱的に舌を絡め、俺の舌を吸ったあとで、首すじを舐めはじめる。そこでまた思いだしたのだろう、キスマークのところに歯を立てる。よっぽど早坂犬のにおいが残っているのが気に入らないみたいだ。ぐるるる、と唸る。だから俺は――。

「いい子にしなさい！」

橘さんは仰向けになっているから、おしりの横を叩いた。瞬間、橘さんの腰が浮きあがる。

そして、腰が浮きあがったせいで、太もものあいだに入れた俺の足に、橘さんの腰がこすりつけられる格好になる。

「わ……あ、ぁんっ」

橘さんが、とてつもなく甘く鳴く。

「いい子にしないとこうだからな」

俺はもう一度叩く。

「あ、あぁんっ」

橘さんはまた腰を俺の足に押しつけて甘く鳴く。目の焦点が合っていない。

完全に、理性を失っている。

橘さんは感性が鋭い。つまり感覚が鋭いということで、それは心とか観察力にとどまることではなく、肌とか様々な感覚器官の感じ方も鋭くて、だから少し叩かれるだけで、普通の人なら感じないようなものを感じてしまう。

「くうん、くうん」

俺が手を止めたあとも、また俺の首すじを甘噛みしてくる。まるで、叩かれたがってるみたいに――。

「もっと、しつけてほしいのか？」

「……わん」

恥じらいながらも肯定するから、俺はまた橘さんを叩く。橘さんはまた腰を浮かし、俺の足にこすりつけ、甘い声で鳴く。何度もこすりつけ、何度も甘く鳴く。ずっと繰り返す。

橘さんの制服はさらに乱れ、甘い鳴き声はほとんど喘ぎ声になる。

「わん、わん……ダ、ダメだよ、司郎くん……私、なにか変……わ、わん、ダメ……」

腰が跳ねあがる。

もし、この感覚の鋭い、おそろしく感じやすい橘さんのそういうところをダイレクトにさわったらどうなるだろう？　俺はそうなったときの橘さんをみてみたい気持ちに駆られ、上下の下着に手をかける。

「あ……や……だめ、ダメだよ、司郎くん、それは……」

ついに耐えきれなくなったみたいで、俺の手を橘さんがつかむ。

でも、そのあいだも、橘さんの腰はリズミカルに俺の足に押しつけられつづける。まるで叩いていたときの動きがくせになっているみたいに。

「え？　なんで……ち、ちがうの、これ……動画みたいなこと、したいなんて思ってない、体が勝手に……動いて、やだ……なんで？　え、や、あ……」

俺は叩くのをやめているのに、なおも橘さんの腰は動きつづける。

だんだんと、押しつけられる間隔が短くなっていく。そして——。

「うそ……なにかくる……司郎くん、みないで、恥ずかしい、やだ、すき、司郎くんっ！」

橘さんはひときわ大きな声をあげ、体を弓なりに反らし、何度も震えた。

同時に、この暗がりでも、濡れて下着の色が変わっていくのがわかった。

頭がどうにかなりそうなほど官能的な光景だった。乱れきった、犬のようなお嬢様。

橘さんは息も絶え絶えになって、脱力している。

「司郎くん、これ以上はダメ、もうダメ……おかしくなるから……まだ、ダメだよぉ……」

橘さんは消え入りそうな声でいう。まだ俺の手をつかんだままだ。

「いや、ダメじゃないんだけど……司郎くんにめちゃくちゃにされる従順な犬になりたいのはホントだけど、でもこれ以上はまだ恥ずかしいっていうか、早坂さんみたいに心の準備とかできてないし……もっと勉強してから……」

「橘さんの負けだな」

「え？」

「さっきからずっと言葉を話してる。犬を演じれてないぞ」

我に返ったら負け、不道徳ＲＰＧは俺の勝ちだ。

「……………司郎くんはずるいな」

顔を赤くしたまま、拗ねたように横を向く。そう、これはすべて不道徳ＲＰＧというゲームなのだ。ちょっと頭がアホになってただけで、どれも本気じゃない。本当だ。女の子を犬扱いしておしりを叩くなんて、どうかしている。

こんな感じで、いつものように冷静になって帰ろうとする。しかし――。

「ゲームは終わったけどさ」

橘さんは少し拗ねたままの態度でいう。

「あんまり進んだこともできないけどさ、このままキスして抱き合うくらいは、もうちょっとしてもいいんじゃないかな。いかがわしいのは、なしで」

俺たちはやっぱりまだ子供で、浅いところで遊ぶしかできない。

でも――。

「ちょっとくらいなら、その、叩いてもいいけど」

「いいのか？」

「………………わん」

◇

深夜、ベッドのなかで考える。

女の子と『する』ということについて。

二十歳までにしておきたいとか、本当に好きな人とだけするべきとか、してない人はダサいとか、たくさんの人としている人は不道徳だとか、いろいろな考え方がある。

多くの人がそれを特別な行為だと思っていて、俺もそのひとりだ。

大人になったらもっと軽く考えるのかもしれないけど、十代の今はまだとても大きな意味をもっている。

好きと伝える究極の表現のような気もするし、彼氏彼女の証明のようにも感じる。

早坂さんと二番目同士で付き合うと決めたとき、キスまでというルールをつくった。

それはやはり、互いにそういう行為に特別な意味を見いだしていたからだと思う。でも今、早坂さんはそれをしたがっている。学校を休んで、薬局に買いにいって準備するほどに。

もし早坂さんとしたらどうなるだろうか？

その行為をしてしまったら、自分の感情や人間関係に大きな変化をもたらすように思えた。

とても大きな変化だ。俺はそれがちょっと恐い。

じゃあ、橘さんとそういう行為をしたらどうなるだろうか？

橘さんは、俺が一番好きな女の子だ。でも、俺には早坂さんや柳先輩という別の関係性も発生していて、行為をしたあとに自分に訪れるかもしれない感情の変化が、やはり恐い。

そんなことを考えながら、そろそろ寝ようかと思っていると、ドアが軽くノックされた。

「寝てる？」

「いや」

部屋に入ってきたのは、橘さんだった。

公園から帰り、妹の部屋で寝ていたのだが、抜けだしてきたのだ。

「そこ、入っていい？」

「いいけど」

「司郎くんはあっち向いてて」

橘さんはベッドに入ってきて、俺と背中合わせに横になる。

「……当分ああいうゲームはやめとこうね」

「俺たちすぐ頭バカになるからな」

「私もう、あんな自分になりたくない。今夜のことは忘れて」

犬と飼い主を終え、俺たちはかなり反省していた。

「早坂さんと張り合ってしまったかもしれない」

橘さんはいう。

「自分でも意外なほどに、柄にもなく」

「珍しいな。橘さんって他人のこと気にするタイプじゃないのに」

「クローゼットのなかで、あんなのみせつけられたから」

「……ごめん」

気づいてしまった、と橘さんはいう。

「私、全部二番目。手をつなぐのも、キスするのも、全部早坂さんが先にしてる」

「それは……」

「私も、司郎くんと初めてのなにかをしたい。そう思ったから、過激なことをしようとしたんだと思う。でもまだ子供だったみたい。最後の一線は越えられなかった」

でも、と橘さんはいう。

「このままだと、その初めても早坂さんにとられるんだね」

橘さんは知らない。

俺と早坂さんの関係が、橘さんを前提にしていることを。本当は橘さんが一番の女の子であることを。もし真実を知ったら、橘さんはどうするだろうか？

でも今は人間関係が微妙な時期で、それを伝えることができない。

そして橘さんはこの状況にストレスを感じている。

あの橘さんが、ストレスを感じているのだ。

「文化祭、司郎くんと一緒にまわりたい」

「いや、それは柳先輩がいる手前、難しいだろ」

「ねえ司郎くん」

「なに？」

「ひっぱたきたい」

沈黙が部屋に満ちる。橘さんの気持ちを考えれば、まあ当然だと思う。

「じゃあ、早坂さんと一緒に文化祭まわるの？」

「いや、そういう話はしてないけど」

「どうせそうなるよ」

司郎くんは優しいし、と橘さんはいう。

「もういいよ、早坂さんとずっとそうしてなよ」

橘さんはおもむろにベッドからでる。

「私、やっぱり脱出ゲームの景品になるから。司郎くんがきてくれなかったら、一番に脱出した人とカップル選手権にでて、優勝するから」

「いや、さっきの勝負で負けたらそれはしないって約束だろ」

「そんなの知らない。なんか、もう、こういうのヤだから」

俺もベッドからでて、橘さんと向かい合う。

「俺、どうしたらいい？」

「一緒に文化祭まわって、カップル選手権でようよ。思い出欲しい。それだけでいい。私、他に贅沢いわない。あとはちゃんと我慢する。いい子でいる」

「だから、それは……ムリだって」

「じゃあ、早坂さんとやってないことしてよ。その……エッチなやつでもいいから」

「恥ずかしくてできないっていったの、橘さんだろ」

「でも、早坂さんに負けたくない。だから無理やりしてよ。恥ずかしくて抵抗しちゃうかもしれないけど、イヤなわけじゃないし。強引にこられるの、ちょっと……好きだし……」

橘さん、珍しく余裕をなくしてる。多分、生まれて初めて他人と競うということを意識してしまったせいだろう。あと、犬の余韻がまだ残っている。

「いや、無理やりは……それにそういうのってよく考えてからのほうが……」

「だよね。司郎くんはそういうよね。さっきも私が恥ずかしいからやめよっていったとき、ホッとした顔してたもんね」

意気地なし、と橘さんはいう。

「ずるくてもいいけどさ、たまにでいいから勇気をだして踏み込んできてくれたら、私はいい子にしてられるのに、こんなふうに怒ったりしないのに――」

そして結局、ひっぱたかれた。

橘さんは哀しさを不機嫌な表情の下に隠して、妹の部屋へと戻っていった。

第16話　完全青春計画《パーフェクトプラン》

「え、桐島先輩ひとりなんですか？」

浜波がいう。

「まあな」

「さみしい文化祭ですねえ」

文化祭は盛況だった。有志によるバンドやダンス、演劇部の舞台や吹奏楽部の演奏によってお祭りのボルテージはあがりつづけている。トラブルが起きることなく進行しており、実行委員としても大成功だ。しかし、俺はひとりで過ごしている。

「早坂先輩とまわらないんですか？」

「コスプレ喫茶でずっと着ぐるみかぶってるよ」

「じゃあ橘先輩とまわればいいじゃないですか」

「ずっと幽霊やってるよ」

「……喧嘩しましたね」

「………………」

俺の家でひと悶着あって以来、早坂さんも橘さんも、ひとことも口をきいてくれない。

『あわせる顔ないよ』

そういったとおり、早坂さんは俺をみかけると逃げていく。

全部、俺がわるい。あんな場面で、女の子に恥をかかせるようなタイミングでやめてしまったから——。

早坂さんは気まずいから逃げてしまうといった様子だが、橘さんは露骨に冷たい。他人のふりどころか、俺がみえていないかのようにふるまう。

渡り廊下で声をかけたら、橘さんは無表情にこういった。

『だれ？』

絶対零度とはこのことだ。本当に、知らない人をみるような目で俺をみる。

あんなに懐いたワンコだったのに……。

文化祭を一緒にまわらないことに、かなり怒っているようだった。

そんな感じで俺は早坂さんにも橘さんにも相手にされず、文化祭最終日を迎えていた。

「これからどうするつもりなんですか？」

「文化祭が終わればふたりとも自然と元に戻ると思うんだ」

「一緒にまわるっていう争いの火種がなくなりますしね。でも、根本は解決しませんよ？」

「このまま、やりきるさ」

橘さんとの関係を隠したままつづける。卒業したら、橘さんと別れる。橘さんは柳先輩と結婚するし、俺は早坂さんと正式な恋人になる。

「俺はこのシナリオを『完全青春計画』と名づけた」

誰も傷つけない、現実的な妥協のプラン。

「でもそれ、絶対に橘さんとの関係がバレないってことが前提になってますよね？」

「そうだな。バレたら、もう収拾つかないだろうな。先輩との関係も、早坂さんの心も、全部メチャクチャになってしまうだろうな」

「気をつけてくださいよ。修羅場じゃすみませんからね。ただでさえ桐島先輩、刺されても仕方ないことやってんですから」

とはいえ、と浜波はいう。

「ふたりとも怒らせてひとりぼっちになってるんだから、世話ないですね」

「返す言葉もないな」

「仕方がないので私と一緒にまわりますか」

ということで、一緒に文化祭をまわる。なんやかんやで浜波は優しい。

校舎の壁にカラフルなスプレーで、ファンキーな絵が描かれている。

「グラフィティアートってやつだな」

「美術部の人たちが描いたらしいですよ」

「一緒に写真撮ろうぜ」

「はしゃいじゃって。桐島先輩けっこう子供っぽいですね」

グラフィティの前で、ふたりでピースサインをする。

「出店のたこ焼きも食べようぜ」

「ここがまた私のクラスの店だったりするんですよね～」

浜波の顔がきいて、無料でたこ焼きがもらえる。俺は爪楊枝で、たこ焼きを浜波の口にもっていってやる。

「それ、浜波、あ～ん」

「あ～ん。ん……んんっ……美味しいです～、って、なにやらせるんですか！」

浜波は食べ終わった容器をゴミ箱のなかに叩きつけながらいう。

「私を早坂さんや橘さんの代わりにしないでください！」

「ノリつっ込みもやるんだよなあ」

「私はねえ、桐島先輩とまわりたいわけじゃないんですよ！　ほんとは、ほんとは……」

そう。

浜波は幼馴染みの吉見くんと文化祭をまわりたい。しかし――。

「吉見のアホは今、脱出ゲームに挑戦してるわけですよ！　橘先輩とカップル選手権に出場するために！　なんでこうなったんですか⁉　ポシャったんじゃないんですか⁉」

「いろいろあってな……」

橘さんは怒って、自分を景品にしてしまった。

でも、吉見くんが本当に好きなのは浜波だ。浜波の気を引きたくて、橘さんのことを好きなふりをしているにすぎない。

「まあ、大丈夫じゃないかな。あんまり詳しいことはいえないけど」

橘さんも、浜波と吉見くんの恋を応援している。だからふたりの仲を引き裂くようなことはしないはずだ。でも、浜波はそのことを知らない。

「全然、大丈夫じゃないですよ！　吉見のやつ、めっちゃ自信満々だったんですよ。絶対最速で脱出してみせるっていってました！」

おそらく脱出ゲームの解答を橘さんが事前に教えたのだろう。

このままいくと吉見くんと橘さんでカップル選手権に出場することになる。こちらとしてもどこの誰かもわからない男と出場されるよりは、他に好きな女の子がいるとわかっている吉見くんと出場してもらったほうが心中穏やかでいられるが……。

「これ、橘先輩、桐島先輩がくるの待ってますよね？　誘ってますよね？」

「だろうな」

橘さんは俺とステージに立って、思い出をつくりたい。

「じゃあ早くいってください！」

「でも、それをすると柳先輩と早坂さんに勘づかれるだろ」

「そうなんですけどね、そうなんですけどね！」

でもそれだと私の恋はどうなるんですか、と浜波はいう。

「まあ、それは大丈夫だから」

橘さんはぎりぎりでやめるはずだ。彼女も浜波の恋を応援しているし、なにより俺へのあてつけだけで吉見くんとコンテストに出場するほどには怒ってないはずだ。

いや、もしかして橘さん、そこまで怒ってるのか？

可能性はある。橘さんがクローゼットのなかにいるときに、俺は早坂さんと好き放題やってしまっているし……なんて考えていると、校内放送がスピーカーから流れる。

『一年二組、浜波さん、今すぐ視聴覚室にきてください』

呼び出しだ。

「実行委員でなにかあったか？」

「私がいないとだめですねえ。しょうがありません」

浜波はそういって視聴覚室に向かおうとして、でも最後に振り返っていった。

「桐島先輩、あの、その……」

「わかってる。もう一度、橘さんにやめるようにいっておくよ」

「……すいません、ありがとうございます」

浜波はぺこりと頭を下げてから校舎のなかに入っていった。

また、ひとりになってしまった。実行委員の設営担当としては、後片づけの仕事がまだ残っている。だから文化祭が終わるまでどこかでヒマを潰さなければいけない。

どうしたものか。そんなことを考えようとしたそのときだった。

「桐島（きりしま）！」

背後から声をかけられる。

振り返ると柳（やなぎ）先輩がいた。

お祭りを楽しむ人々のなか、先輩は少し浮いてみえる。思いつめた顔をして、なにかしら破滅的な雰囲気が漂っている。いつもの先輩じゃない。

そして、この場に似つかわしくないトーンでいう。

「……今から少し、話さないか？」

俺はうなずく。

多分、俺も先輩と同じ顔をしていると思う。

◇

お祭り騒ぎの校舎内、コスプレ喫茶を出店している自分のクラスの前を通りすぎる。

教室のなかをのぞいてみれば、大正娘や魔法少女に交じって、大きなクマの着ぐるみがしゃかしゃかと接客していた。声が通らないから、ホワイトボードを首からさげて、そこにマジックで書き込んでいる。

「あれ、早坂ちゃんだよな」

柳先輩がいい、俺はうなずく。

早坂さんは廊下に俺がいることに気づくと、頭の上にホワイトボードをかかげた。

『絶　対　こ　な　い　で』

そして教室の奥へひっ込んでしまった。先輩がそれをみて怪訝な顔をする。

「………桐島、なにかしたのか？」

「いろんなことがあったというか、なんというか。そんな感じです」

柳先輩がゆっくり話したいというから、俺たちは屋上にでた。

晩秋の風が冷たい。太陽がかたむきはじめている。

「受験勉強いい感じですか？」

「ああ。それなりにやってるからな」

先輩は大学にいったら経営学を学ぶ。お父さんの会社を継ぐための準備だ。将来のことをしっかり考えていて、すごく大人だ。

「まあ、今日は息抜きだ」

そういう先輩の横顔は、全然リラックスしていない。

「桐島は最近調子どうだ？」

「あんまり変わらないです。学校いって、小説読んで──」

「恋をして、か？」

その場の空気が、ピリッとしたものに変わる。

先輩が、踏み込んできたのがわかった。

俺はすっとぼけて、「映画のタイトルみたいですね」なんていう。

「学校いって、小説読んで、恋をして──」

「あれはインドにいくやつだろ」

「ですね。きれいな女優さんが、食べて、祈って、恋をする。俺とはちがう」

そのまま話をそらそうとするけど当然、先輩はのってこない。それどころか、急所をナイフで刺すように、核心にふれてくる。

「桐島はさ──」

先輩は手すりにもたれ、空を見上げながらいう。

「橘ひかりのこと、好きか？」

ストレートだった。

俺と橘さんが手をつないでいるのをみた日から、先輩はずっと気になっていたのだ。

でもこの微妙なバランスのなかで、あえて知らないふりをするしかなかった。

それを今日、きいてきた。心にためていられなくなったのだ。

先輩は悩んだにちがいない。とても優しい人だから。

「…………どうしてそう思うんですか？　俺が、橘さんのこと、好きだなんて」

「俺だったら、好きになるから」

先輩は、はっきりいう。しゃべり方はいつもと変わらないけど、とても強い意志を感じる。

最初から、このことをきこうと決めて俺に声をかけたのだ。

「桐島は部活で一緒だろ？　趣味も合うし、一緒にいる時間も長い」

「仲はいいけど、それだけですよ。橘さんはきれいだけど、俺にはちょっとクールすぎて」

そうか、と先輩はまっすぐに俺の目をみていう。

「じゃあ、桐島は誰が好きなんだ？」

「それは――」

「今日は、ごまかさないでほしい」

先輩、本気だ。

「浜波って子はちがうんだろ？」

「……はい」

嘘はつけない、そんな気がした。

「じゃあ、やっぱり早坂ちゃんか？」

「それは……」

「この前、駅で待ち合わせしてたけど、付き合ってるのか？」

付き合ってる、といってしまうのが無難だった。

そういえば先輩は安心するし、俺と橘さんの仲を疑うこともなくなる。

でも、ここで俺が早坂さんと付き合っているといってしまったら、早坂さんの一番の恋を俺が終わらせてしまうことになる。たしかに俺のなかには早坂さんを誰にも渡したくないという気持ちがある。しかしそれはあまりに勝手だし、なにより一番の恋を終わらせるとしても、それは早坂さんが自分でやるべきだ。だから、いう。

「付き合ってませんよ」

そして――。

「仲はいいです。でもそれは、とても親しい友だちとしてで、早坂さんから恋の相談を受けることもあります」

俺には予感があった。早坂さんの一番の恋は多分、終わってない。

先輩はとても善良な人だけど、やっぱり同じ人間だ。今回みたいに悩むこともあれば、おそらく普通の男と同じことを考えることだってあるはずだ。先輩はさわやかなだけじゃない。だから、きく。

「先輩は、早坂さんのことどう思ってるんですか？」

少しのあいだ、先輩は沈黙する。そして――。

「俺だってバカじゃないんだ」という。

そう、先輩はバカじゃない。だから次に、『お前とひかりちゃんのことも全部わかってるんだぞ』といわれる気がした。でも、そうはならなかった。

先輩は急に照れた顔になって、いいづらそうに頭をかいて、「自分でいうことじゃないんだけどさ」と前置きしてから、いった。

「……早坂ちゃん、俺のこと好きなんだろ？」

やはり先輩は気づいていたのだ。

「そういうの、なんとなくわかるんだ。フットサルしてるときにタオルくれたり、一緒に柔軟体操すると顔真っ赤にしたりするから。俺、これでもたまに女子から告白されるからさ」

「たまに、じゃないって知ってますよ」

「だな」

あんま謙遜するのもよくないな、と先輩はいう。

「そんな感じだからさ、女の子が自分を好きかどうかって、けっこうわかるんだ。あ、この子もうすぐ俺に告白してきそうだな、とか。鈍感なふりしてやり過ごすんだけど」

早坂さんには特別、鈍感なふりをしているらしい。

「桐島が、早坂ちゃんのこと好きだと思ったからさ」

「それじゃあ早坂さんがかわいそうだ」

「だよな」

後輩が好きな女の子だから、その女の子が自分を好きになっても知らないふりをする。

エモいってことになるのかもしれないけど、その女の子にとっては少し残酷だ。

「先輩は早坂さんのこと、どう思ってるんですか？」

「かわいい、って思ってるよ。他の女の子たちよりも、特別に」

文化祭の最終日、屋上というこの状況がそうさせるのか、先輩はすごく正直だ。

「早坂ちゃん、すげえかわいいし、性格もいいし、あんな女の子なかなかいない」

「付き合いたいって思います？」

「実は最近、しょっちゅう思ってる」

なあ、と柳先輩はいう。

「みんな俺のことをさわやかなやつって思ってるだろ。でも口にしないだけで、けっこうずるいこと考えたりするんだ」

「婚約者がいても、他の女の子と付き合いたいと思ったりするくらいに」

「そういうこと。ひかりちゃんのこと、すごく好きだ。それは本当なんだ。毎晩、あの子のことを考えてる。でもひかりちゃんは俺のことを好きじゃない。俺はただの親が決めた婚約者にすぎない。だったら、早坂ちゃんと付き合ったほうが幸せになれるんじゃないか、って打算的に考えたりもするんだ」

一途な恋を放棄して、好きになってくれる人を好きになる。それって自然なことだ。特に、好きになってくれるのが早坂さんのような女の子の場合ならなおさらだ。

自分が好きな人を追いつづけるか、自分を好きになってくれる人を好きになるか。

前者のほうが純愛で、後者はちょっと妥協的だ。

「なんか、俺ちょっと変だよな。受験勉強でつかれてんのかな」

わりい、今日いったこと全部忘れてくれ、と先輩はいう。

「桐島とひかりちゃんの関係を疑ってるみたいなことといっちまって、マジでバカだよな」

先輩は恥ずかしそうな、そして、本当に申し訳なさそうな表情を浮かべる。

こんな話、するべきじゃなかったと後悔している顔だ。

やっぱり先輩はいい人で、そのイメージから外れることができない。

「桐島はひかりちゃんにいい影響を与えてると思う。最近楽しそうだし。だから、そのまま仲良くしてやってくれ。婚約者だからって、学校生活のじゃまをしたくないんだ。クラスの行事にもすごく積極的に参加していい感じみたいだし」

「でも橘さん、このままだと他の男とカップル選手権に出場しますよ……」

「冗談の範疇だろ。気にしないさ。相手が桐島だったら、ちょっと思うところあったかもしれないけど——」

そこで先輩は首を横にふる。

「わるい、また変なこといった……ダメだな、俺。どうかしてるんだ」

「大丈夫ですよ、俺と橘さんはただの友だちで、カップルコンテストにでることもない。そもそも俺、脱出ゲームに参加してないですし」

「だな。俺、これ以上変なこといいたくないから、もういくよ」

そして先輩は最後に俺の頭をぽんぽんと叩いていった。

「桐島、信じてるからな」

中学のとき、体育祭でやってもらったのと同じ仕草だ。俺は足が遅くて、リレーで誰からも期待されていなかった。でも、先輩だけは俺を信じてくれた。嬉しかった。

ひとりになった屋上で、俺は考える。

このまま嘘をつきとおすって、けっこうしんどい。嘘がばれるときって、嘘をついている人がそれに耐えられなくなって、自分からばらすときなんじゃないか、って思う。

やれやれ、と一息つく。そのときだった。

ふとみれば、校舎につづく階段の入り口から、大きなクマの着ぐるみがこちらをのぞいていた。すごくシュールだ。

クマの着ぐるみはもじもじしたあと、恥ずかしそうにホワイトボードをかかげる。

『文化祭、一緒にまわろっ！』

◇

着ぐるみの早坂さんと一緒に文化祭をまわる。

最終日も終盤にさしかかっているから、後夜祭のステージ以外にめぼしいものはない。

でも文化祭を一緒に過ごしたという事実が欲しかったのだろう。だから俺たちは校舎のなかをなんともなしにゆっくりと歩く。しかし。

「――早坂さん、そろそろ着ぐるみを脱いではどうだろうか」

『今日はこのまま』

早坂さんはホワイトボードに書き込んでこたえる。

『桐島くんと顔合わせるの恥ずかしいし……』

その気持ちはまだつづいているらしい。女の子に恥をかかせるのは本当によくないことだ。

もしあのとき俺が最後までちゃんとしていたら、早坂さんは着ぐるみなんて着てなくて、別の意味で恥ずかしくて顔もみれない感じで、一緒に手をつないでいたのかもしれない。

『あと、着ぐるみに入ってたらふたりでいても変な噂立てられなくて済むでしょ？』

「早坂さんってバレバレだけどな」

『大丈夫だよ。着ぐるみはクラスのみんなでローテーションだもん』

着ぐるみなら橘さんや柳先輩にみられても大丈夫、といいたいのだろう。

甘い。少なくとも勘の鋭い橘さんは絶対に気づく。でも、それでもいいと思った。このあいだ、早坂さんには本当にみじめな思いをさせてしまったから……。

しかしそうなると、今度は橘さんの気持ちを考えて、俺は苦しくなる。彼女だって文化祭の思い出が欲しいといっていたのに……。

悩ましい気持ちを抱えたまま、早坂さんと終わりかけの文化祭をまわる。

『これ、一緒に飲も！』

タピオカミルクティー屋をやっている教室の前で、早坂さんが立ちどまる。

『ごめん。買ったけど、私、かぶってるから飲めないや。桐島くんが飲んで』

俺はタピオカミルクティーを両手にもち、交互に口をつけながら歩く。

「このあいだはわるかったよ」

俺は謝る。

「早坂さんはすごく魅力的だ。でも、俺に勇気がなかったんだ……」

『いいの、私が急ぎすぎたと思う。もうちょっとゆっくりするべきだよね、そういうの。私たち今はまだ学生だし』

今はクマだけどな。

『橘さんより好き、なんていわせてゴメン。いやだったよね、無理やりいわされて』

「それは……」

『私、すごく嫌な子だった。反省してるんだ。橘さんに体で勝ってるとか、そういうこともいっちゃったし……』

しかも、それは嘘なのだという。

『橘さん、けっこう着やせしてるんだよ。健康診断で一緒だったから、知ってるんだ。もしかしたら、私よりおっきいかも……』

「そうなのか？」

『桐島くん、鼻の下のびてる……』

「いや、いいがかりだ」

『いいの。橘さん魅力的だもん。ねえ、橘さんの胸は大きくて素晴らしい、っていってみて』

「すごいこといわせようとするな」

『いいから』

クマの足が俺のすねを蹴ってくるから、仕方なくいう。

「橘さんの胸は大きくて素晴らしい」

『私のよりも大きくて素晴らしい』

「早坂さんのよりも大きくて素晴らしい」

自分でいわせておいて、クマは沈黙する。着ぐるみのなかで泣いているかもしれない。

「早坂さん、そういう屈折した遊びはよくないぞ」

なんていってると、クマはそそくさと少し向こうの教室を指さす。みれば、どうやら一年のクラスが占いをやっているらしい。

『相性占い、やってもらお！』

いきなり元気がいい。早坂さんの情緒が心配だ。

クマはずんずんと教室に入っていく。占いの企画だけあって、タロットだの水晶だのとそれぞれコーナーがつくられている。早坂さんは真面目に占ってほしいらしく、伝統的な手相人相占いのコーナーに足を向けた。

『私たちの相性占ってください』

占い師を担当する女子生徒はクマをみるなり、やっかいな客きちゃったあ、とでもいうように苦笑いを浮かべた。

「大きくてふわふわした手ですね～」

女の子はクマの手をさわりながらいう。

「目鼻立ちもくっきりしてますね～」

女の子はクマの顔をみながらいう。

『私たち、相性どうですか？』

女の子はやけっぱちのテンションでいう。

「さ、最高です！」

『よし！』

早坂さんはグッとこぶしを握る。

「いわせてるだけだからな。絶対、手相も人相もみれてないからな」

そのあと俺たちはグラウンドにでて、サッカー部が主催しているキックターゲットをやった。早坂さんの蹴ったボールはしっかり真ん中のパネルを抜いた。

ハイタッチしながら思う。

早坂さんはけっこうドジで、着ぐるみに入りながらボールを蹴れるタイプじゃない。でもそれをできるのは、柳先輩と一緒にフットサルをしているからだ。先輩がボールの蹴り方をちゃんと教えてあげて、早坂さんはそれを学んだ。

少し、嫉妬する。

『早坂ちゃん、俺のこと好きなんだろ？』

先輩がみせた、意外な顔。

早坂さんと付き合うことも考えたと先輩はいっていた。実際、先輩がその気になればそれをできるし、早坂さんも喜ぶだろう。

でも先輩が早坂さんとの可能性を話しているとき、俺は思ってしまった。

──早坂さんを渡したくない。

俺に懐いてくる早坂さんの心も、俺にくっついてくる体も、独占したい。

そう、思ってしまった。

本当に御しがたい。俺は自分の心をコントロールできていない。早坂さんの一番の恋を応援しなきゃいけない立場なのに、俺にも橘さんという一番の相手がいるのに──。

でも、人を好きになるっていうのはつまりはそういうことなんだと思う。

映画やドラマみたいに、きれいな感情や楽しいシーンだけを切り取ることもできる。

だけど、こういう自分勝手で汚い感情を抱かせるのもまた真実の恋愛感情なのだろう。

俺はつい、早坂さんを誰にも渡したくなくて、ハイタッチしてきたその手を着ぐるみごしに握りしめていた。

早坂さんは一瞬驚いたようだったけど、すぐに手を握り返し、ぴょんと跳ねながら体をくっつけてくる。ゴツンと巨大なクマの顔がぶつかって、俺はうしろに倒れてしまう。

『ごめん！』

着ぐるみのなかから、ふごーっ！　ふごーっ！　と音がする。

「いや、いいんだ」

手を引かれて立ちあがる。そのときだった。周囲が突然騒がしくなる。みれば、グラウンドのバックネットのほうから歓声があがっていた。人も集まりはじめている。

文化祭の最後を締めくくる、後夜祭のメインステージ。

カップルコンテストに出場する生徒が、何組かステージにあがったのだ。それは全生徒公認のカップルになるようなものであり、見知った男女が公然と、私たち付き合ってますとアピールしながら登場するのはいつみてもセンセーショナルなものだ。

そんな男女に交じり、吉見くんと女幽霊の姿もみえた。男と男のペアで出場するのと同じ、ほぼお笑い枠だ。しかし――。

「あれ、どうしようかな」

俺は吉見くんと浜波について説明する。

すると早坂さんは勢いよくホワイトボードをかかげた。

『阻止しよう』

「え？」

『私たちも出場して、ふたりが優勝しないよう阻止しよう』

たしかに、万が一にも吉見くんと橘さんが優勝したら大変だ。結婚のジンクスもあるし、ステージ上でふたりがキスするなんてことになったら、浜波が泣いてしまう。

「かといって俺と早坂さんで出場するのはどうなんだ？」

『大丈夫、着ぐるみだし』

それに、と早坂さんはホワイトボードに書き込む。

『桐島くんも、橘さんが優勝しちゃったらイヤでしょ？』

たしかにそうだ。いくらおふざけとはいえ、ぽっとでの吉見くんと万が一どうこうなられたらたまらない。

「しかし、いきなり出場できるものなのか？」

『そうなると思って登録しといたよ！　私はクマ！』

「準備がいいんだよなあ」

着ぐるみのなかでにっこりしてる早坂さんの顔が浮かんだ。まあ、いいだろう。

完全に早坂さんに乗せられた形だが、こうなっては仕方がない。

そんなことを考えながら、早坂さんと一緒にステージに向かう。途中で、柳先輩が三年生の友だちと一緒にいるのがみえた。このステージをみていくつもりなのだ。

着ぐるみのなかが早坂さんってバレるだろうな、と思う。

でも、橘さんと出場しているところをみられるよりはマシだ。もしそれをしたら、俺たち四人の関係はめちゃくちゃになってしまう。

それにしても俺はバカだ。

橘（たちばな）さんと将来一緒になることはあきらめたはずなのに、結婚のジンクスを気にしている。

俺の考えた完全青春計画（パーフェクトプラン）では、卒業後の俺の相手は早坂（はやさか）さんしかいないはずなのに。

本当に欲深くて、自分に都合がいい。

俺はときどき、そんなクズになる。

第17話　共有しようよ

ベストカップル選手権は学校で一番ラブラブな恋人を決めるコンテストだ。

ペアで様々なお題に挑戦するわけだが、仲の良さをみせつけるペアもいれば、逆に、相手の誕生日を忘れていたせいでケンカになるペアもいたりして、例年かなり盛りあがる。

今年は八組の恋人たちが参加していた。

俺はクマの着ぐるみの手を引いてステージにあがる。

コメディ枠は俺とクマの早坂さん、吉見くんと幽霊の橘さんだ。

早坂さんと橘さんはニュースバリューとしては十分だけど、クマの中身は不詳だし、橘さんも顔の前面に黒髪を垂らして顔が隠れているから、まったく美人な感じが伝わってこない。

となると、観衆の注目はやはり本物のカップルに集まる。ステージにあがった男女の、普段は他の生徒にみせない恋人としての顔をみて、その甘酸っぱさに悶えたり、冷やかしたりするのだ。

校内で目立つ子も参戦している。

例えば、軽音部のサークルクラッシャーとして名高い一年生の女の子。

ツインテールで、いわゆる、あざといタイプ。とにかく男を惚れさせ、ボーカルとギターが彼女を巡ってケンカになり、解散していったバンドは数知れず。そんな女の子が三年の男子と一緒にステージに立っている。ついに落ち着くところに落ち着いたか、いや、あの女の子がひとりの男で満足するはずがない、なんならこのステージで別れ話をしてもおかしくない、と多くの人がスキャンダラスな視線を送っている。

意外な組み合わせのカップルもいる。

地味な男子と派手な女の子。

彼らがステージにあがった瞬間、え、お前ら付き合ってたの？　という声があがった。

女の子は髪の色でけっこう遊ぶし、スカートも短い。男子のほうは真面目一徹、色恋沙汰とは無縁そうなタイプだ。派手な女の子は意外と地味な男子に優しい仮説の実例かもしれないし、ああみえて男子がリードしているのかもしれない。いずれにせよ、みているだけで温かい気持ちになる。

こうしてみると人それぞれに独自の恋愛模様があるんだな、と思う。

そんなことを考えていると、文化祭実行委員長が拡声器を口元にあてながら、ベストカップル選手権の開幕を告げた。大きな拍手が巻き起こる。

「まずは恒例、相性診断クイズ！」

パネルクイズ方式だ。

ステージの上に用意された机にはフリップとペンが置かれている。質問が出題されて、ふたりが同じ答えを書いていたら一ポイント。

司会の実行委員長が声を張る。

「それでは第一問、ふたりの思い出の場所は？」

第一問から、けっこう難しい。俺と早坂さんはそれなりにふたりでお出かけをしているから、こたえを一致させるには候補が多い。

「それでは解答オープン！」

タイムアップになって、フリップをオープンする。俺が書いたのは——。

『学校』

結局、どれを選んでいいかわからず、こんな回答を書いてしまった……。

ちなみに早坂さんが書いたのは——。

『箱根温泉』

ミス研の合宿でみんなも一緒だったとはいえ、いわれてみればたしかに初めてのお泊まりだ。

着ぐるみのなかから、ジトッとした視線を感じる。

「いや、いろいろ考えすぎちゃって、一番長い時間一緒にいるのは学校だし、そう思って……その……なんていうか、ごめん」

そうだよな、女の子って初めての旅行とか、そういう記念日的なものを大切にするよな。それを一致させられない俺がいけないのだけど、いや、でもこれ難しいだろ。

実際、けっこう多くのペアが不一致だった。

しかしばっちり正解してくるペアもいた。

橘さんと吉見くんだ。二人の思い出の場所は——。

『井戸の中』

もはや幽霊キャラで遊んでるだけだろ。

それからも橘さんと吉見くんは幽霊ネタを使って立てつづけに正解した。しかも——。

「犬と猫、飼うならどっち？」「海か山、夏にいくなら？」

こんな普通の相性問題まで一致させてくる。

吉見くんと橘さん、もしかしてけっこう相性がいいのか？

同時に、このままだとふたりが本当に優勝しそうで、橘さん正気か？　と思う。

一方、俺と早坂さんはボコボコだった。

俺たちは以前より互いのことを理解している。ただ俺が早坂さんにあわせた回答をして、早坂さんが俺にあわせた回答をするものだから見事にすれちがってしまう。

「好きな漫画雑誌は？」

俺と浜波で考えたこの設問にたいして、俺は早坂さんが読んでいるジャンプと答えるし、早坂さんは俺が好んで読むスピリッツと答えてしまう。

互いに気を使って思いやっているのにボタンを掛けちがえるように上手くいかない。まるで今の俺たちみたいだ。

「桐島とあのクマ、マジで相性わるいじゃん」

そんな声が観衆からきこえてくる。仲がわるいようにみられるのが気に入らないのだろう、クマの早坂さんは俺に向かってホワイトボードをかかげた。

『怒』

腕をブンブンとふって、吉見くんと橘さんペアを指さす。負けたくないらしい。

混沌としてきた。

「それでは次のコーナー、胸キュン告白シチュエーション！」

クイズ形式ではなく、審査員が点数をつける審査方式になる。

審査員をつとめるのは各部の部長で、特に恋愛に一家言あるわけではないだろうが、とりあえず判定してくれる。

「このコーナーでは各ペアに告白シーンを再現してもらいます。審査員の胸をキュンとさせるとポイントが加点、我々は甘酸っぱいシーンをみてキュンキュンしたいだけなので、創作も可となっています！」

司会による説明が終わり、各ペアが順に実演していく。

特に軽音部の、人間関係クラッシャーの女の子の告白シーンは圧巻だった。

意外なことに女の子のほうから告白したらしい。

彼女がボーカルをつとめるバンドが、小さなライブハウスで演奏したときのことだ。アマチュアだから、客は学校の関係者ばかり。

女の子は歌っているとき、客席に、付き合うことになる三年生の男子をみつける。まったく話したこともないし、どちらかというと外見もさえない。でも、この人だ、と思ったらしい。

女の子は一曲終わったところで、男子を指さしていう。

「わ、わ、わ、私！　この人の恋人になります！」

実演が終わったところで、観衆は大いに盛りあがった。

めちゃくちゃドラマチックだ。

解説をつとめる生徒会長の牧が、解説席から評論家ぶったコメントをだす。

「これはいいですね。恋人になるといいきってるところがポイントです。相手の意志を確認しない。そこがとてもアイドル的だし、女の子のモテキャラと合っている。じゃあ傲慢かといわれたらそうじゃない。わ、わ、わ、と焦って告白している。これは、この人を誰にもとられたくないという気持ちのあらわれで、とてもいじらしいといえます。ええ、満足です」

やがて、吉見くんと橘さんの順番がまわってくる。ふたりは付き合ってないから、創作で告白シーンをすることになる。

どうするんだろう? そう思いながらふたりをみまもる。

吉見くんは橘さんとしばらく向かい合ったあと、「やっぱ無理っす」という。

そりゃそうだ。相手はみためが完全にホラー生物なのだ。告白なんてできるはずがない。と思ったのだが、吉見くんが告白しない理由は別にあった。

「なんかしらけさせてすいません、でも俺、ちゃんと好きな女の子がいるから、冗談でもそいつ以外に告白するわけにはいかないっていうか、なんていうか――」

吉見くんは観衆に向かって謝り、そしていう。

「俺けっこう照れ屋だから、その好きな女の子といつも一緒にいるのに、気持ちずっと伝えられないままなんです。もう十年くらい。逆に気のないふりしちゃったりして。ほんとバカですよね。でもこのステージに立って、みんなが真剣に恋愛してるのみて、俺もはっきりさせなきゃなって思いました」

そして、吉見くんは頭をかきながら、グラウンドの観衆に向かって、おそらくはそのなかにいるであろうひとりの女の子に向けていった。

「このステージが終わったらさ、十年間、いえなかった言葉をいうよ」

最高ですね、といいながら牧がまたコメントをだす。

「彼がいえなかった言葉というのはとてもシンプルな、たった二文字の言葉ですね。なにかは野暮だからいいませんけどね。普通の人なら軽くいってしまえる言葉が、彼にはいえなかった。おそらく相手はとても近しい関係で、互いにつんつんしちゃったりして、でも大切な想いを心に秘めている、そんな感じでしょう。いや、最高です。ごちそうさまでした」

最後は俺と早坂さんだった。

『創作でいいよ』

早坂さんがホワイトボードをかかげる。それが妥当だろう。この流れで二番目うんぬんといった、実際にあった俺たちの不健全な告白をステージで再現するわけにもいかない。

即席の創作だから、シチュエーションを考えている時間はない。じゃあ、どうやって印象的な告白にするかといえば、それは言葉しかない。ドラマチックなフレーズ。

ステージの上で早坂さんと向かい合い、俺は満を持していう。

「春のクマくらい君が好きだよ」

渾身の、文学的告白だった。中学生のときからこのフレーズでいつか告白したいと思っていた。まさかステージで使えるとは。しかし――。

あれ？　なんだこの空気？

ちょっと会場が静かになったような気がした。なぜだろうか。

みんな、意味不明なんですけど？　みたいな顔をしている。

おい、さっきまでの熱気はどこにいった？

「お〜っとお、これはいけませんね」

牧がため息をつきながらコメントする。

「みなさんポカンとされているかと思いますが、彼の告白はとある文学作品のセリフをもじったものです。ようは、自分の気に入ったセリフを女の子にいってやったぜ、っていう膨張した自意識の産物なわけです。作中ではけっこうオシャレでユーモラスに使われているので、それをそのまま現実にもってきちゃったんですね。いえ、気持ちはわかりますよ。僕も中学のときは深夜のテンションでそういう妄想してましたから。しかし今やられると、共感性羞恥でこちらまで恥ずかしくなりますね、かゆいかゆい」

やれやれ。

どうやらすべってしまったみたいだ。でもこういうのは昔から俺のなかに宿命的な傾向として存在するし、今さら嘆いたって仕方がない。それよりも家に帰ってハイネケンビールでも飲みながらパスタを茹でて、路地裏に猫でも探しにいきたい気分だった。もちろん猫探しなんてメタファーで、俺はそれをしてもいいし、しなくてもいい。

なんて春のクマ的な想像をして、現実逃避をはかっていたときだった。

ポン、とクマに肩を叩かれる。ホワイトボードにはひとことだけ。

『ドンマイ』

慰められるのが逆につらい。怒られるほうがまだマシだった。

やれやれ。

そこからも俺と早坂さんのペアはずっと最下位だった。そしてトップを走るのは橘・吉見ペアだ。吉見くんもかなり本気でこのコンテストをとりにきているようにみえる。

「吉見くんは橘さんじゃないだろ」

俺は思わず吉見くんに声をかける。

そうっすね、と吉見くんはいう。

「でも俺、マジで優勝しますよ」

「いや、浜波はどうしたんだよ」

さっきといってることがちがう。

でも吉見くんはひょうひょうとしていう。

「それはそれ、これはこれっす。優勝したらキスできるかもしれませんからね。橘先輩みたいな素敵な人とそういうことしたいって、男ならすごく普通の考えじゃないっすか？」

桐島先輩、本気だしたほうがいいっすよ、なんていう。

「でないと橘先輩、俺がもらっちゃいますよ」

◇

逃げられると思わず追いかけたくなる。

恋愛の極意、スノッブ効果。橘さんのアドバイスをうけ、吉見くんはそれを使って見事、浜波の気を惹いてみせた。橘さんは、今度は自分がスノッブ効果を使うつもりのようだ。

突然、吉見くんは橘さんとベストカップル選手権で優勝するといいだした。

「さては橘さんに頼まれたな」

すいません、と吉見くんは頭をかく。

「あの人にはお世話になったんで、協力したいんすよね。俺、橘派ってことで」

「浜波に説明がつかないぞ」

「あいつならわかってくれますよ」

好きな子がいるのに、きれいな先輩とこういうコンテストで優勝するのは世間的にはよくないことだ。純愛主義に反する。しかし――。

「恋愛っていいとかわるいとかじゃないと思うんすよ」

吉見くんはこのステージに立って感じたのだという。

「人を好きになるってプラスの感情っぽいんですけど、でもそういう話じゃないんすよね。とにかく強くてコントロール不能で、俺みたいにずっととなりにいるのに好きっていえずに十年も経っちゃうくらい説明不能なめちゃくちゃな力で、それって善悪とかそういう次元の話じゃないなって思いました」

だから橘さんと優勝することにためらいはないという。

「恋愛って強感情で、きっとその想いの強さがすべてなんですよ。あのバンドの女の子だって、周りは遊んでるとか、わるい女だとかいってましたけど、結局、めちゃくちゃドラマチックで最高の恋をしてるじゃないですか。多分、全部の恋が最高で最強なんですよ」

多分、吉見くんのいうとおりなんだと思う。

恋はむきだしの感情で、時として暴力的で説明不能で、だから規則性も一貫性も正しさも無視して、俺たちはめちゃくちゃになってしまう。だからこそ刹那的で、一瞬の美しさがあって、人は尊さを感じるのだ。

「そんなすごい強感情をぶつけ合うこのコンテストで、俺だけ手を抜いてたらみんなにわるいじゃないっすか」

「変なところでスポーツマンだなあ！」

「それに、やっぱ橘先輩みたいなきれいな先輩とこういうのにペアで出場するって、ちょっとテンションあがりますよ」

そして吉見くんは素直な男子高校生でもある。いずれにせよ、彼は本気で優勝を狙うみたいだった。腕まくりをして橘さんのところに戻っていく。

どうしたものか、と思っているとクマの手が俺の肩をポンと叩く。

『私たちが優勝しよう』

そうすれば、橘さんたちが優勝することはない。浜波にとっても俺にとっても、それで、めでたしめでたしとなる。

「でもそれをするとなあ」

話しているうちに、司会から次のコーナーのお呼びがかかる。

「愛の共同作業、熱々、二人羽織り〜!!」

二人羽織りをして、女の子が後ろから男子におでんを食べさせるというものだ。

着ぐるみの早坂さんは二人羽織りができないので、目隠しをして俺の後ろにまわり込む。

開始早々、俺のひたいに熱々の大根が強く押しつけられた。

「早坂さん、さては怒っているな」

早坂さんは優勝したいのだ。

それなのに、俺が煮え切らないから怒っている。おでんはよく煮えている。

「でも俺たちが優勝するってのはちがうんじゃないかな、ってか、あつ、あつつつつっ!」

今度はちくわを頬に押しつけられる。

なんだ」

「がんもどきはやめてくれないかな。いや、熱くはないけどさ、メガネに出汁がしみ込みそう

結局、がんもどきはメガネに押しつけられた。

その次のコーナーは『理解度チェック』だった。女の子が男子のことをどれだけ理解してい

るかを競い合うコーナーだ。

「まずは基本的なところから。相手の誕生日をあててください！」

俺は自分の誕生日をフリップに書き込んでふせる。早坂さんもフリップに俺の誕生日を書き

込む。同時にオープンすれば、どっちも四月一日で正解となった。

ここから早坂さんの勘は冴えまくった。とにかくなんでも当てる。俺が好きなコーヒーの銘

柄も、使ってる財布のメーカーも、寝ているときの格好まで一致させた。

「では次の問題！　男子は『こいつ、俺のここに惚れとるやろ』ってポイントを三つ書いてく

ださい！　女の子は『この人のここが好き！』ってポイントを三つ書いてください！」

これ、どちらかというと男子が女の子の気持ちをどれだけ理解してるかだよな、と思いなが

ら、俺は三つ書いた。

『真面目、努力家、恋に真剣』

自分でアピールしているみたいで、けっこう恥ずかしい。でも、ちゃんと当たっていた。

早坂さんのフリップに書かれていたのは——。

『真面目なところ、努力家なところ、恋に真剣なところ』

これで俺たちに点数が入ったわけだけど、早坂さんはさらにフリップをめくる。

『メガネが似合うところ、意外と背中が大きいところ、ちょっと抜けてるところ』

何枚も、何枚も、次から次にフリップがめくられる。

『手先が器用なところ、ネクタイが似合うところ、本をよく読むところ、私の知らないことをいっぱい知ってるところ、さりげなく歩く速さを合わせてくれるところ——』

そうだよな、と思う。

吉見くんのいうとおり、人を好きになるってのは強感情で、好きになった人のいいところを百個くらい簡単にあげてしまえるほどの熱量をもっている。

俺はまだどこか、その強い感情から逃げていたのかもしれない。女の子から好かれるということを表面では望んでいるのに、心の奥底では恐れていたのかもしれない。

もっとこの感情に向き合うべきだ。

橘さんは優勝するのを阻止されたがっている。俺が橘さんを誰かにとられたくないと思って一生懸命になる姿をみたいのだ。そして早坂さんは俺と一緒に優勝したいと思っている。

俺が優勝を目指さない理由はなにもない。

それでも俺がためらっていたのは、多分、あまりにズルい気がしていたからだ。

この状況は都合がよすぎる。優勝すれば早坂さんと橘さんの機嫌を同時にとれるし、柳先輩は着ぐるみのなかにいるのが早坂さんだと気づくだろうから、俺と橘さんの関係について疑わなくなる可能性が高い。

早坂さんをキープしながら橘さんと付き合って、柳先輩とも仲良くする。

それが完全に実現する。

俺のやってることは世間的にはクズで、わるいことだ。

言い訳はしない。

俺は橘さんとの限られた時間で、儚い恋をつづけたい。俺は早坂さんとの少し不健全な恋を手離したくない。そして柳先輩との友情も壊したくない。

今まで俺はこの状況を、橘さんがそうしてくれるから、早坂さんが許してくれるからと、どこか自分のせいじゃないように動いていた。

でもそうじゃない。俺が望んでいることで、自分自身が責任を負うべきだ。

だから、断固たる決意をもってこの計画をやり遂げるべきだ。

「早坂さん、やろう」

『うん！』

俺たちは怒濤の追いあげをみせた。『彼女をどれだけ長い時間お姫様抱っこしてられるか耐久レース』では着ぐるみごと抱えながら一番になったし、他の競技でもポイントをとりまくった。気持ちがすれちがうときもあれば、ぴったりと一致するときもある。

それが恋なんだと思う。

『この競技で一番になれたら優勝だよ！』

早坂さんが嬉しそうにぴょんぴょん跳ねる。

最後は二人三脚だった。ステージから始まって、グラウンドを一周してまたステージに戻ってくる。戻ってくるとステージにはゴールテープが用意されている。

いいスタートを切ったのは現在総合一位の吉見・橘ペアだった。

逆転をかける総合二位の俺たちは出遅れた。やはり着ぐるみじゃ走りにくくて、ステージから降りるときに早坂さんがつまずいてしまったのだ。

「大丈夫？」

早坂さんはうなずくと、素早く立ちあがって前を向いた。肩を組んで俺が「いっちにい、いっちにい」と声をかけながら走りだす。本来なら恋人たちが密着しているわけだからヒューヒューと冷やかされるわけだが、俺の相手はクマだった。

トップを走る吉見くんの相手も幽霊で、ビジュアル的には絵にならない。しかし息ぴったりでぐんぐん前にいく。けっこう相性がよさそうで、ちょっと気に入らない。

そう、俺は気に入らない。

橘さん、嫉妬を煽るなんてらしくないことをする。

負けたくない。

俺と早坂さんは自分のペースで前に進んでいく。急いだペアはこけたり、リズムがわるくていったん立ち止まったりしている。そんな彼らを追い越していく。

橘さんは裾の長いワンピースだから走りづらそうだ。

俺と早坂さんはコツをつかんでだんだん加速していく。意識と体がシンクロしているのか、とても自然に走れる。いつもより速いんじゃないかってくらいだ。風を感じる。

トラックのなかには観客がいて、柳先輩が目に入る。

「がんばれよ！」

先輩が声援を送ってくれる。

俺と早坂さんが優勝したら、柳先輩だって喜んでくれるにちがいない。橘さんが他の男と優勝してるところなんて、みたくないはずだ。

先輩は着ぐるみのなかにいるのが早坂さんってわかってるだろうから、俺と橘さんの仲を疑うこともなくなる。

優勝したペアは将来結婚する。

俺と早坂さんがそのジンクスを手に入れるのはいいことだ。

すべて計画どおり。

あとは俺と橘さんの関係を卒業まで隠しとおせばいい。俺はそれをやり遂げる。

前を走る吉見・橘ペアが立ち止まる。

橘さんがついにワンピースの裾を踏んでしまったのだ。

俺と早坂さんは二人を追い抜いてさらに加速していく。

もう俺たちの前を走るペアはいなくて、ただただ加速して気持ちと意識も飛び越えて、ステージに駆けあがって、ゴールテープを切って、俺と早坂さんはそのままステージに両手をついて倒れ込んで、息があがって、しんどい。

でも、やった。やってやった。

遅れて他のペアもステージに駆けあがってくる。

二番目についた吉見・橘ペア。

いつも涼しい顔の橘さんも、さすがに走って暑いようで、顔の前に垂れた髪をどかそうとしている。その姿をみて、俺は違和感に気づく。

ワンピースの裾からのぞく足が、高下駄を履いている。

背の高い橘さんがあんなのを履いたら、吉見くんよりも背が高くなるはずだ。

「どういうことっすか？」

吉見くんも気づいたようで、戸惑いながら、幽霊の長い髪のかつらをとる。

あらわになったその顔は——。

浜波だった。

彼女は照れくさそうに目を伏せている。ずっとなかに入っていたということは、吉見くんのあの告白も正面できいていたことになる。

「放送で呼ばれて、橘先輩にいわれたの。代わりに幽霊になれ、って……」

「なんか呼吸が合うと思ってたよ」

吉見くんは納得がいった表情だ。

途中で相手が橘さんでないことにうすうす気づいていたらしい。

「俺も橘先輩からいわれたんだ。お化けのことを浜波だと思ってやれ、って……」

「そ、そうなんだ……」

二人はもう互いの気持ちを知っている。でも目を合わせることもできない。いや、知ったからこそ目を合わせられないのかもしれない。

「吉見のいってたさ、十年いえなかった言葉きかせてよ」

「ああ、あれな……なんか、やっぱこっ恥ずかしいな……」

もどかしくて、いじらしくて、応援したくなるようなふたりだ。がんばれ――。

なんて、いってる場合ではない！

幽霊は浜波だった。じゃあ、橘さんはどこにいるのか。

俺はおそるおそる、ステージに両手をつき、息を切らしているクマに目をやる。

つかれて頭を下げているから、だんだんクマのかぶり物が落ちてきて、ついには脱げ落ちてしまう。あらわれたのはもちろん――。

橘さんだった。

汗をびっしょりかいて、しっとりと濡れた髪が、白い頬に張りついている。

そして、ひと息ついてからいう。

「………あっつ」

◇

着ぐるみのなかからきれいな女の子がでてきたことで、会場はいっきに盛りあがった。

観客たちはすぐに俺と橘さんを本物の恋人と認定した。

橘さんが大量のフリップを使って俺の好きなところを百個あげたことは記憶に新しい。

お笑い枠だと思っていたペアが、ふたを開けたらちゃんとした男女で、さらに逆転優勝という劇的な展開もあって、歓声が大きくなる。

橘さんはそんな声をきいて薄く笑った。

「……やっぱり私たちが一番だ」

相変わらず体温の低そうな顔。

でも興奮して、我を忘れた顔つき。

俺は自分に都合のいい展開を目指しすぎて、見落としていた。

よく考えればわかったことだ。

橘さんは吉見くんと浜波の恋を応援していたし、俺と一緒にこの選手権にでたがっていた。だから、それらを同時に実現する方法を橘さんは仕掛けた。

クマの着ぐるみに入るのは早坂さんも含めた何人かのローテーションだから、早坂さん以外が入っているときに頼んで借りればいい。そして浜波に高下駄を履かせ、幽霊に仕立てて吉見くんとコンテストに出場させた。

シンプルな入れ替えトリック。

顔も声もださないから可能だ。

橘さんのことだから、そのままクマのなかに入ったままで、誰に知られることもなく出場し、思い出だけをもって帰るつもりだったのだろう。ただ誤算は、橘さん自身がたまに頭がバカになってしまうところだ。

目の焦点が合っていない。

優勝して、完全にトんでしまっている。

「……やっぱり私たちが一番なんだ」

橘さんは誰にいうでもなくつぶやく。その横顔はぞっとするほど美しい。

「……私たちが最高なんだ」

「橘さん、いったん冷静になったほうがいい」

「……ねえ司郎くん、私と司郎くんが一番で最高なんだよ」

「俺たち、けっこうやらかしてる」

「……私たちが最高の恋人で、誰も追いつけなくて、一番気持ちいい」

この場の雰囲気に酔う橘さんに俺の言葉は届かない。

クマの胴体を脱ぎ、ゆっくりとした動作で立ちあがる。

痛恨だ。

途中で気づくチャンスはいくらでもあった。

不器用な早坂さんが着ぐるみで機敏に動けるはずがなかったし、俺の寝ている格好をあてられるはずもない。俺のことを勘でいい当てられるのはやっぱり橘さんだし、橘さんは着やせするタイプでホントは早坂さんより胸が大きいといわされたことも忘れてはいけない。

しかしあれこれ振り返ってる場合じゃない。例年どおり――。

会場からはキスのコールが巻き起こる。

それをしたらもう洒落じゃ済まなくなるし、言い訳もできない。

しかし橘さんはふらふらと俺に近づいてくる。

「ねえ司郎くん、私たちなんだよ」

「橘さん、酔ってはいけない、この雰囲気に」

「司郎くんには私しかいないし、私には司郎くんしかいない」

「正気に戻れ」

「私たちが最高で、私たちじゃなきゃダメで、私たちしかいない」

「わかったから――」

「最高」

やめろというよりも早く、橘さんは俺に抱きついていた。押し倒されて、俺は背中からステージに倒れ込む。

橘さんは俺に覆いかぶさったまま、キスをした。

黄色い声とかスキャンダルを喜ぶような悲鳴が怒号のように押し寄せる。橘さんは完全にスイッチが入っていて、いつもみたいに自由気ままに舌を使ってキスをつづける。

人を好きになるという感情は制御不能で読み切ることはできない。

俺の予定調和的な計画が崩れた決定的な瞬間だった。

橘さんにキスをされながらも、俺はステージから横目で観衆の最前列をとらえていた。

早坂さんが無表情な顔で、こちらをみていた。

◇

「橘さんが謝ることじゃない」

夜、ふたりで下校している。

文化祭の撤収作業をしていたらすっかり日が暮れて、いざ帰ろうとしたところ、校門の陰から橘さんがでてきたのだ。

風が冷たい。

秋は過ぎ去り、冬の気配がふくまれている。

「司郎くんを待ってたら、いろんな人に冷やかされた」

「俺もそんな感じだった」

ステージの解体をしているとき、冷やかし混じりに多くの人から祝福された。彼らは俺たちの事情を知らないのだ。

俺と橘さんは付き合っている。みんなのその認識はもう、動かしようがない。

「本当にこんなことするつもりじゃなかったんだ、着ぐるみからでるつもりなくて」

「わかってる」

「……ごめん」

「これからどうなるのかな」

「わからない」

これまでの前提も、考えていた未来も、すべてがひっくり返った。今までの想定はなにも意味をなさない。すべてがゼロになった。

柳先輩はなにもいわず、ただ遠目に俺たちのほうをみて、顔を伏せて立ち去った。

橘さんの状況は大きく変わるかもしれない。

でも当の橘さんの横顔は、静かなものだった。

「私、これでよかったかもしれない」

「なんで？」

「もう誰にも嘘つかなくていいから。好きだって気持ち、隠さなくていいから」

結局のところ、俺が橘さんに無理をさせていた。本来の橘さんに合わないことをさせてしまっていた。そのひずみが今回の破綻につながったのだ。

「人を傷つけてしまった……」

「私もね」

「後ろ指をさされたとしても、なにもいえないな」

それならそれで別に、と橘さんはいう。

「そうなっても仕方ない、って思ってた」

「橘さんは少し破滅的だな」

「そうかもしれない」

橘さんは寒そうに、マフラーをあごまであげる。

つやのある長い髪と夜闇に浮かぶ端整な横顔、しわ一つないブレザーとスカート。

俺はこんな状況なのに、この完璧な女の子と、世界でふたりぼっちみたいな気分になって、浸ってしまっている。酔ってしまっている。

でも、これだけ大きく人を傷つけたあとで、俺たちはどうしていいかわからなくて、ただとなり合って歩くしかできない。

俺が握れるのは橘さんの手だけで、おそらく橘さんが握れる手も俺の手だけだ。

なんだか、すべてが終わりに向かって加速したように感じる。

「司郎くん」

駅前の広場までできたところで、橘さんが立ちどまる。

冷静な視線の先には、ひとりの女の子がいた。

早坂さんだ。

こちらに近づいてきて、俺たちの前までやってくる。

「桐島くん……橘さん……」

伏し目がちな表情で、遠慮するようなトーンでいう。

「ふたりで、そういうことしてたんだね……私が知らないところで、ずっとしてたんだよね……」

ごめん、と俺はいう。

早坂さんは深く傷ついて、怒ったり、哀しんだりするのだと思った。

でも、顔をあげたときの早坂さんの表情はそのどれでもなかった。

どこか恥ずかしそうに、照れながらいう。

「ねえ、半分コしよ」

「え？」

「……桐島くんにはいってない」

「あ、はい」

すいません。

早坂さんは「ねえ、橘さん」と語りかける。

そして、子供が自分も遊びに混ぜて、とでもいうような顔でいう。

「桐島くんを、私と橘さんで共有するの。ダメ……かな？」

いや、ダメだろ、と俺は思う。早坂さんのいってることって、つまりは一人の男を二人の女の子でシェアするってことで、そこに俺の意志は関係ない雰囲気で、不健全とかそういう次元を完全に脱線しているし、そもそもそれがどんな関係になるか想像もつかない。

しかし橘さんは数秒沈黙したあと、いった。

「いいよ。私たちで司郎くんを共有しよう」

つづく

あとがき

読者の皆様こんにちは、作者の西条陽です。

本書を手にとっていただき誠にありがとうございます。

二巻では橘がご活躍でしたね。書いているとき、すごい女の子だなあと思っていました。扉越しに桐島の背中を蹴ったり、首輪をして犬になったり。

もちろん早坂も魅力的でした。かわいい、ヤンデレ、だけでなく部室で橘と言い合いをしているシーンはピリッとしてましたね。作者も書いていて緊張しました。

今後、彼らはどうなっていくんでしょう？

物語の進行は彼らの心の動きにゆだねており、作者もまだわかりません。早坂がけなげにがんばるかもしれませんし、もっと壊れるかもしれません。柳だってこうなってしまったら、もうただの良い人じゃいられないはずです。

いずれにせよ、良い子のする恋愛にはならないでしょう。

世間ではそれを不純、不健全というのかもしれません。

ちなみに作中でもこの言葉を使っているのですが、じゃあ本当に彼らが不純で不健全かといえば、そうともいいきれないと思います。

おそらく桐島は、恋愛を過度にきれいなものとして賛美する純愛幻想のほうが不誠実だと考えています。なぜなら人の心は千差万別、千変万化であり、一つの価値観や様式に定型化されるはずがないからです。極端にいうと、純愛というのは自意識が酔いやすい一つのイデオロギーであり、心に自覚的になれば、酔いからさめてそのレールから外れるはずだ、と。

早坂と橘も本気で感情に向き合っているため、パターン化した恋愛を無意識にすることはありません。世間のイメージよりも、自分のまっすぐな心のままに行動します。

真剣だからこそ、彼らの恋は世間が推奨する恋の形と一致しない。

そう考えると、彼らの物語こそ本当の純愛だとは思いませんか？

犬になったりするところは言い訳不能ですけどね。

まあ、こういう純と不純がこんがらがってこの物語が形づくられているのだと思います。

それでは謝辞です。

担当編集氏、電撃文庫の皆様、校閲様、デザイナー様、本をならべてくださる書店の皆様、特典をつけてくださる販売店の皆様、本書にかかわるすべての皆様に感謝致します。

Ｒｅ岳先生、一巻に引き続き素敵なイラストをありがとうございます。Ｒｅ岳先生のイラストがあってこそ、早坂も橘も色鮮やかなキャラクターとして立ちあがります。本当にイラストを担当していただけてよかったです。今後も一緒に本作を盛り上げていきましょう！

最後に重ね重ね、読者の皆様、本当にありがとうございます。彼らの物語に今しばらくお付き合いいただければ幸いです！

◉西　条陽著作リスト

「世界の果てのランダム・ウォーカー」（電撃文庫）
「世界を愛するランダム・ウォーカー」（同）
「天地の狭間のランダム・ウォーカー」（同）
「わたし、二番目の彼女でいいから。1～2」（同）

本書に対するご意見、ご感想をお寄せください。

ファンレターあて先
〒102-8177　東京都千代田区富士見2-13-3
電撃文庫編集部
「西　条陽先生」係
「Re岳先生」係

本書は、アプリ「電撃ノベコミ」に連載された『わたし、二番目の彼女でいいから。』
(2021/9/10〜2021/12/23更新分)を加筆・修正したものです。

電撃文庫

わたし、二番目の彼女でいいから。2

西 条陽

◆◇◇

2022年1月10日　初版発行
2023年3月5日　6版発行

発行者　山下直久
発行　株式会社KADOKAWA
〒102-8177　東京都千代田区富士見2-13-3
0570-002-301（ナビダイヤル）
装丁者　荻窪裕司（META＋MANIERA）
印刷　株式会社KADOKAWA
製本　株式会社KADOKAWA

ISBN978-4-04-914154-2　C0193　Printed in Japan

電撃文庫　https://dengekibunko.jp/

電撃文庫創刊に際して

文庫は、我が国にとどまらず、世界の書籍の流れのなかで〝小さな巨人〟としての地位を築いてきた。古今東西の名著を、廉価で手に入りやすい形で提供してきたからこそ、人は文庫を自分の師として、また青春の想い出として、語りついできたのである。

その源を、文化的にはドイツのレクラム文庫に求めるにせよ、規模の上でイギリスのペンギンブックスに求めるにせよ、いま文庫は知識人の層の多様化に従って、ますますその意義を大きくしていると言ってよい。

文庫出版の意味するものは、激動の現代のみならず将来にわたって、大きくなることはあっても、小さくなることはないだろう。

「電撃文庫」は、そのように多様化した対象に応え、歴史に耐えうる作品を収録するのはもちろん、新しい世紀を迎えるにあたって、既成の枠をこえる新鮮で強烈なアイ・オープナーたりたい。

その特異さ故に、この存在は、かつて文庫がはじめて出版世界に登場したときと、同じ戸惑いを読書人に与えるかもしれない。

しかし、〈Changing Times,Changing Publishing〉時代は変わって、出版も変わる。時を重ねるなかで、精神の糧として、心の一隅を占めるものとして、次なる文化の担い手の若者たちに確かな評価を得られると信じて、ここに「電撃文庫」を出版する。

1993年6月10日
角川歴彦

電撃文庫DIGEST　1月の新刊

発売日2022年1月8日

錆喰いビスコ8
神子煌誕!うなれ斉天大菌姫

【著】瘤久保慎司　【イラスト】赤岸K
【世界観イラスト】mocha

ビスコとミロの前に立ちはだかる箱舟大統領・メア。窮地に立たされた二人を救ったのは——ミロが出産した第一子「赤星シュガー」だった！　箱舟に保存された生命を取り戻すため、親子の絆で立ち向かう！

俺を好きなのはお前だけかよ⑰

【著】駱駝　【イラスト】ブリキ

パンジー、ひまわり、コスモス、サザンカ、サンちゃんを始め多くの仲間達とラブコメを繰り広げたジョーロの青春も今度こそ本当にエンディング。アニメ『俺好き』BD/DVDの特典SSも厳選・加筆掲載されたシリーズ最終巻！

恋は双子で割り切れない3

【著】高村資本　【イラスト】あるみっく

相変わらず楽しくはやっているけれども、どこかこじれたままの純と琉実と那織。自ら部活を創設して、純を囲って独占を図ろうとする那織。一方の琉実は、バスケ部員の男友達に告白されて困惑中で……？

わたし、二番目の彼女でいいから。2

【著】西 条陽　【イラスト】Re岳

俺と早坂さんは、互いに一番好きな人がいながら「二番目」同士付き合っている。そして、本命だったはずの橘さんまでが「二番目」となったとき、危険で不純で不健全なこの恋は、もう落としどころを見つけられない。

わたし以外とのラブコメは許さないんだからね⑤

【著】羽場楽人　【イラスト】イコモチ

夏も過ぎ、2学期へ突入。いよいよ文化祭が近づいてきた。イベントの運営に、クラスの出し物の準備と慌ただしく時間が過ぎていく。ヨルカとのラブラブは深まっていくが、肝心のバンド練習は問題が山積みで……？

ひだまりで彼女はたまに笑う。2

【著】高橋 徹　【イラスト】椎名くろ

ネコのストラップをふたりで見つけたことで、以前より楓と仲良くなれたと伊織は実感する。もっと楓の笑顔を見たい、あわよくば恋仲になりたい、そんな思いを募らせる伊織。そんなふたりの、初めての夏が今、始まる。

新作 天使は炭酸しか飲まない

【著】丸深まろやか　【イラスト】Nagu

恋に悩みはつきものだ。学校内で噂の恋を導く天使——明石伊緒は同級生の柚月湊に正体を見抜かれてしまう。一方で湊も悩みを抱えていて……。記憶と恋がしゅわりと弾ける、すこし不思議な青春物語。

新作 私の初恋相手がキスしてた

【著】入間人間　【イラスト】フライ

ある日うちに居候を始めた、隣のクラスの女子。部屋は狭いし、考えてること分からんし、そのくせ顔はやたら良くてなんかこう……気に食わん。お互い不干渉で、とは思うけどさ。あんた、たまに夜どこに出かけてんの？

新作 美少女エルフ（大嘘）が救う！弱小領地
～万有引力だけだと思った？前世の知識で経済無双～

【著】長田信織　【イラスト】にゅむ

ハッタリをかまして資金調達、公営ギャンブルで好景気に!?手段を選ばない経済改革を、（見かけは）清楚なエルフの麒麟児・アイシアは連発する！　造幣局長だった前世——ニュートンの経済知識を使って。

新作 その勇者はニセモノだと、鑑定士は言った

【著】囲 恭之介　【イラスト】桑島黎音

有能な鑑定士でありながらも根無し草の旅をしていたダウトが受けた奇妙な依頼、それは「勇者を鑑定してほしい」というもので……？　巷を騒がす勇者の正体は本物？　それとも詐欺師？　嘘と誠を暴く鑑定ファンタジー！

新作 魔女学園最強のボクが、実は男だと思うまい

【著】坂石遊作　【イラスト】トモゼロ

最強の騎士・ユートは任務を与えられる。それは、魔女学園に女装して入学し、ある噂の真相を解明しろというもの。バレたら即終了の状況で、ユートは一癖も二癖もある魔女たちと学園生活を送ることに——。